AF417399

9 789948 777656

موزة سيف الشحي كاتبة إماراتية، وُلِدَت في منطقة الجير برأس الخيمة سنة 1998م.

حاصلة على شهادة بكالوريوس إدارة الأعمال - إدارة الجودة في عام 2021م، بكلية التقنية العليا برأس الخيمة.

أهدي هذا الكتاب إلى كلِّ مَن ساهم في مساعدتي بالكتاب ودعمني، ومنهم عائلتي، ودار النشر.

موزة سيف الشحي

أبحث عنك

AUSTIN MACAULEY PUBLISHERS™

LONDON • CAMBRIDGE • NEW YORK • SHARJAH

أشكر الله، والحمد لله على مساعدتي بتحقيق ما أتمنَّى، ولا بد أن أتقدم بالشكر لدار النشر التي أعمل معها، وأشكر لكلِّ قارئ قرأ الكتاب، وشكرًا لكلِّ مَن ساهمَ معي في الكتاب.

الفهرس

أين كانت؟

الحياة غامضة، تأخذ منك شيئًا، وتقدِّم لك شيئًا لم تتوقعه، وهكذا وصفَت كليسكو الحياة.

عاشت كليسكو طفولتها في مدينة فوسن ألمانيا، تقع المدينة في منطقة (Ostallgäu)، بالقرب من الحدود النّمساوية على بُعد كيلومتر واحد، وتتميز المدينة بالمناظر الطبيعية الخلابة مع وجود المباني المعمارية الجميلة، المدينة بأكملها مميزة، ولديها مناظر خيالية تخطف الأنفاس.

عاشت كليسكو في منزل والديها اللذين تُوفّيَا في حادث مرور، وهي في الخامسة عشرة من عمرها.

وعاشت معها أختها جينا التي تتصف بملامحها الهادئة، وأعين خضراء، وشعرها الأشقر القصير الذي يصل لكتفَيها، وهي كانت تكبر كليسكو بسنتين، أما كليسكو فاتصفت بملامحها

الحادة وعيونها العسلية، وشعرها البني الطَّويل الَّذي كان دائمًا مربوطة مِن الخلف؛ إنَّه يشبه ذَيل الحصان.

لذلك كان البعض يتعجب عند السماع أن جينا وكليسكو أختان؛ لأنهما لم تكونا متشابهتين على الإطلاق!

حياة الأختين كانت بسيطة، وتنعم بالهدوء والسكينة، وكان لكل من الأختين عمل تقومان به.

جينا عملت في البيطرية في مستشفى مايتونز، وهي التي كانت تعتني بكليسكو بعد وفاة والديها، هي تقوم بأعمال المنزل وأيضًا تعتني برأس المال في المنزل.

فهي عملت في العديد من الأماكن المختلفة لتؤمن الأموال للحصول على حياة مستقرة لها ولأختها.

ولكن عند بلوغ كليسكو لسن السابعة عشرة، قامت كليسكو بمساعدة أختها في تأمين الأموال للمنزل، فعملت كليسكو كنادلة في مطعم لابيراتو الذي كان يقدم الوجبات المختلفة للزبائن.

وفي القرن التاسع عشر، اندلعت الحروب بين الدول فالتحق الرجال بالقوات العسكرية، أما النِّساء فعملن أعمال الرجال بداخل المدينة، فعملَت كليسكو في مصانع عدة، مثل مصنع السفن، ومصنع السيارات والطائرات.

وبعد انتهاء الحرب حلت مشكلة وظائف النساء؛ أي معظم النساء لم يحصلن على فرص للعمل، وكن يكتفين برعاية المنزل والأطفال، وبسبب ذلك لم تحصل كليسكو على الكثير من الأعمال، فرجعت للعمل بالمطعم، ولكن الراتب كان قليلًا جدًّا، إذ كانت تحصل على عشرة يورو شهريًا.

عاشت الأختان على هذا المنوال حتى صار عمر كليسكو عشرين عامًا، وجينا اثنين وعشرين عامًا.

وفي سنة 1947م، تزوجت جينا من رجل أعمال اسمه آرثر كان آرثر يتصف بشعر بني، وملامح هادئة، ومظهر أنيق، ولقد كان شخصًا معروفًا في المنطقة، حيث قابلَته جينا في احتفال السنة الميلادية في المدينة.

وفي اليوم التالي، تقدَّم آرثر للزواج مِن جينا، ووَصَفَها بالبجعة البيضاء، عند رؤيته لها – إذ كان أول لقاء له لجينا – كانت مرتديةً فستانًا قصيرًا ذا طراز فكتوري، أبيض اللون، وكانت بشرتها بيضاء فاتنة؛ لذلك انجذب إليها، فتقدَّم للزَّواج منها فوافقَت، وتزوَّجا في سنة 1947م. وعاشت جينا في بيت زوجها الذي كان يقع في المنطقة المجاورة من مدينة فوسن.

بعد ما تزوَّجَت جينا، اعتمدت كليسكو على نفسها وعاشت في منزل والديها وحدها، ولكن بعد مرور سنة أرسلت كليسكو برقية للالتحاق بالشرطة، والتحقت بالشرطة في سنة 1949م.

عندما قدمت كليسكو التحاقها بالشرطة، راودَتها الكثير من الأفكار المخيفة.

كليسكو تساءلَت: "هل أستطيع أن أتكيف مع الأوضاع الجديدة؟ هل سيكون سهلًا عليَّ أن أكون شرطية؟ لماذا أردت أن ألتحق بالشرطة؟"

ولكن سرعان ما تذكرت والدها الذي كان يعمل في الشرطة، والذي يخبرها بالأحداث التي كانت تحدث له، وكم كان العمل في الشرطة جيدًا!

كليسكو: "كم كانت الحياة جميلة عند وجود والدي! ولكن ماذا أستطيع أن أقول؟! جينا أيضًا رحلت، هذه هي سنة الحياة، إن كنت أريد أن أعيش، يجب عليَّ البحث عن طرق للعيش."

مر الوقت بسرعة، انتهت كليسكو من التدريب بالشرطة خلال خمس سنوات، وتخرجت في سنة 1954م، وأصبحَت شرطية رسميَّة في تلك السنة.

كيف حدث؟

وبعدما أصبحت شرطية رسمية، قامت كليسكو بالعمل في الشرطة الألمانية لبضع سنوات، وأول مهمة لها هي الذهاب إلى إحدى المدن الألمانية (غورليتس)، التي اعتبرت من أقدم المدن الألمانية، تتميز مدينة غورليتس بمبانٍ معماريَّة جميلة، ويُمكن أن تعيش عصورًا مختلفة في المدينة، وتعتبر المدينة مِن المدن التي خرجت دون أن تتعرض لأي أضرار في الحرب العالمية الثانية، وتطل المدينة على بحر البلطيق، ومهمتها الأولى أن تقوم بحماية والتحري عن عائلة آل لوتسكمبورت، التي كانت في ذلك الوقت عائلة مرموقة من الطبقة الراقية المعروفة في المدينة.

طلبت العائلة المساعدة من الحكومة الألمانية بسبب رسالة قام مجهول بكتابتها:

"When you go, come to see me as the half-illuminated, light my life with your reflection, and I will make sure that you will take your last breath."

"عندما تذهب، تعالَ لرؤيتي كنور مضيء، أضئ حياتي بانعكاسك، وأنا سوف أحرص على أخذ أنفاسك الأخيرة." "I".
وأيضًا بسبب الأحداث الغريبة التي تحدث بالمنزل ومنها؛ سماع أصوات غريبة في منتصف الليل، واحتراق مفاجئ لإحدى الغرف وأماكن أخرى في المنزل، ولكن أكثر شيء حير كمبر آل لوتسكمبورت – صاحب منزل العائلة – هي الرسالة التي أرسلها الشخص الذي يدعى ("I")، وقد اتضحت بأنها رسالة تهديد للعائلة، وأيضا سبب تشتت أوضاع المدينة في ذلك الحين.

خاف كمبر آل لوتسكمبورت أن يحدث مكروهًا للعائلة، لذلك أرسل برقية لطلب المساعدة من الحكومة، وبعدما وصلت البرقية إلى حكومة، قامت الحكومة بالتحري عن البرقية، وإرسال ثلاثة أشخاص إلى العائلة، ومنهم المحقق الفرنسي جون أغروا للتحقيق عن الرسالة، والشرطي البريطاني فرانسيس كون، ومن بينهما كليسكو لحماية عائلة آل لوتسكمبورت من أي خطر.

في اليوم الجمعة الرابع مِن مايو، اتَّجهَ الثلاثة بالسيارة إلى مدينة غورليتس لمقابلة عائلة آل لوتسكمبورت، عند دخولهم للمدينة، انبهروا بالمباني التي كانت بأشكال مختلفة، والمناظر الخلابة.

تساءلَت كليسكو: لماذا هناك القليل من الناس يسكنون المدينة؟! لماذا المكان يشبه مدينة العجائب، ولكنها خالية؟!

نظرت كليسكو إلى المحقق جون أغروا، الذي تميَّز بوجه ذي ملامح حادة، ولحية على شكل مرساة، ولدَيه عيون عسليّة مع بعض الخضرة اتَّصفت بالغموض، وشعر بني اللَّون يغَطِّيه البياض، وأيضًا كان يتسم بالأناقة التي تجذب أي شخص إليه إذ إنه كان مرتديًا بدلة زرقاء داكنة وأكثر شيء كان يميز المحقق؛ العصا والساعة اللتان لا تفارقانه أبدًا؛ كانتا فضية اللون وفيهما نقشات غريبة الشكل.

توقعت كليسكو عند رؤيته أنه بعمر الثلاثين، ولكن اتضح أنه بعمر الخمسين، كان المحقق مشغولًا برسالة الشخص المجهول ("ا") ويراقب الرسالة بحيرة.

كليسكو: معذرةً سيدي، هل تسمح لي سؤالك بشيء؟

المحقق جون: نعم يا آنستي، ما هو السؤال؟

كليسكو: ما الذي يثير جنونك لأن ملامح الحيرة واضحة على وجهك؟

المحقق: إنها الرسالة.. الرسالة لديها عبارات ومعاني مريبة.

كليسكو: هل تسمح لي برؤيتها؟

كان هناك ضحك مستهزئ بمقدمة السيارة، إنه من الشرطي فرانسيس كون الذي يتصف بوجه شاحب وعريض، وعينَين زرقاوين، كان طويل القامة معتدل البنية، وكان أفعاله تثير جدل الجميع، لذلك لا أحد اهتم بضحكته الهستيري.

قدم المحقق لكليسكو الرسالة، قرأت كليسكو الرسالة وشعرت بالحيرة، إذ كانت الرسالة لديها معانٍ غامضة ومشاعر عميقة.

كليسكو: هل تعرف عائلة آل لوتسكمبورت يا سيدي؟

المحقق: لا، ولكنني سمعت الكثير عنها، إنها عائلة معروفة لدى الجميع، والجميع يعرف عنها إذ إنها قامت بالعديد من المساعدات والعَون المادي للعائلات بعد الحرب العالمية الثانية.

كليسكو: من الجميل أن تكون هناك عائلة تقوم بمساعدة الناس، فليس هناك عائلات كثيرة تعين الناس وتساعدهم.

أنهت كليسكو التحدث مع المحقق لأنها لا تريد أن تزعجه بالأسئلة الكثيرة.

مَن أنت؟

الساعة الرابعة مساءً، وصل الثلاثة إلى بيت عائلة آل لوتسكمبورت، كان البيت كبير الحجم، ذا لون قرمزي ونيلي، ولديه حديقة كبيرة الحجم التي تطلق عليها بحديقة بلاد العجائب، إن الحديقة مزينة بأزهار وأشجار مختلفة وغريبة الشكل.

كليسكو إلى المحقق: إن البيت يشعرك بأنك في عالم غريب.

المحقق: أجل، إن بيت السيد كمبر من أفخم المنازل في المدينة، والجميع يعرف بجمال هذا البيت.

ولكن كليسكو عندما رأت البيت أحست ببعض الغرابة والخوف، لأن المنزل يغطيه ألوان غامقة تجعل الشخص يشعر بالكآبة، ولولا الحديقة لما كان المنزل جميلًا؛ لأن الأشجار كانت تغطي المنزل بجميع الأطراف.

قام السيد كمبر آل لوتسكمبورت باستضافة الثلاثة بمنزله، كان جميل الوجه ذا عينين زرقاوين لامعتين، وشعرًا رصاصي اللون، كأن العمر أخذ من جماله.

كمبر: مرحبًا، أستسمحكم عذرًا، أعلم أن الرحلة كانت طويلة.

(قام بمناداة كبير الخدم (كرس) الذي كان صغير العمر بأن يكون كبير الخدم، فهو ذو بشرة بيضاء وأعين عسلية، ووجه صغير؛ إذ إنه يشبه الممثلين في ذلك الوقت).

كرس: نعم سيدي.

كمبر: كرس، قم بحمل حقائب الضيوف، ونادِ جميع أفراد العائلة إلى الغرفة الرئيسة لاستقبال الجميع.

كرس: حسنًا سيدي!

قام الخادم بحمل الحقائب إلى الداخل، وصاحبَ كمبر البقية إلى داخل المنزل (الغرفة الرئيسة).

إن داخل منزل آل لوتسكمبورت لديه طابع غريب، إذ إنه احتوى على ديكور كلاسيكي راقٍ، والغرفة الرئيسة كانت تحتوي على أثاث فكتوري جميل.

لقد أعطى السيد كمبر ثلاث غرف للضيوف، لكل شخص غرفته الخاصة، غرفة كليسكو في الطابق الأول قريبًا من غرفة

ماري ابنة كمبر، وأما المحقق جون والشرطي فرانسيس فكانت غرفتاهما في الطابق الأرضي للمنزل بالقرب من المكتبة.

عند ذهابهم للغرفة الرئيسة اجتمع الجميع، ومنهم صاحب المنزل كمبر، وابنته الأولى ماري وهي جميلة الوجه، والابن الأوسط روبرتسون الذي اتصف بفكين حادين، كان ذا عينين خضراوين وفيهما بعض الزرقة، طويل القامة.

وأما ماري فاتصفت بملامح هادئة، لديها عينان زرقاوان كزجاج، ووجه مربع صغير الحجم، وكانت قصيرة القامة، وعندما رأت كليسكو ماري لأول مرة تذكرت أختها جينا، إذ لديها نفس الملامح الهادئة، والابن الأصغر لوس كان ذا عينين خضراوين كبيرتين، وذا وجه أبيض كروي.

وكانت عائلة الأخ الأكبر لكمبر يعيشون بالمنزل أيضًا، والأخ الأكبر هو جورج اتصف بجسد معتدل وقوي، وطويل القامة، لديه وجه صلب، وعينان زرقاوان واسعتان.

وتتكوَّن عائلة جورج من زوجته الممثلة ليسا، كان لديها طابع كلاسيكي هادئ، ولديها شعر أسود، وعينان خضراوان لوزيتان. والابن الأكبر لهما هو جاك الذي اتصف بجسم ذي بناء صلب، طويل القامة ذي وجه نحيف، وعينين خضراوين.

والأصغر كانت روز، كانت ذات وجه نحيف وصغير، طويلة القامة، ولديها عينان خضراوان، زيتونتا اللون واسعتان.

اجتمع جميع العائلة في الغرفة الرئيسة لبدء التحقيق.

جلس كمبر وأخوه جورج قريبًا من مدفأ الغرفة، وجلس أبناء جورج وزوجته ليسا بالأريكة، وجلس أبناء كمبر بالأريكة المجاورة للأريكة التي تجلس فيها ليسا وأبناؤها، أما كليسكو والمحقق والشرطي باتوا واقفين، لبدء التحقيق.

قام المحقق بطرح بعض الأسئلة لأصحاب المنزل عن رسالة التهديد التي وصلتهم.

المحقق جون: هل تعلمون متى وصلت الرسالة؟ ومن أول من قام برؤيتها؟

كمبر: سيدي، أنا أول مَن قمتُ برؤية الرِّسالة وهي كانت في مكتبي، وفوقه الكتاب الذي كنتُ أقوم بقراءته ذلك الوقت، ولقد رأيتُها في يوم الأربعاء لا أعلم كم كانت الساعة، ولكنني أتذكر أنه كان في الصباح، في ذاك الوقت كنتُ أحتسي شاي الصباح.

المحقق جون: هل كان معك أحدٌ في الغرفة؟

كمبر: لا يا سيدي، ولكنه دخل الخادم كرس لإحضار الشاي إليَّ، وأيضًا أحضر جريدة الصباح.

المحقق جون: وهل قام أحد بدخول المكتب قبل دخولك؟

كمبر: لا علم لي.

الخادم كرس: لقد قمت بإرسال جوري لتنظيف المكتب قبل أن يدخل سيدي المكتب، هي تقوم بتنظيفه يوميًّا؛ لأن السيد لا يحب أن يكون المكان متسخًا.

المحقق جون: وأين جوري؟

الخادم كرس: إن جوري أخذت إجازة في هذا الأسبوع لأن أمها مريضة وهي تقوم برعايتها.

المحقق جون: حسنًا.. هل تستطيعون بشرح الأشياء الغريبة التي حدثت في المنزل.

كمبر: حسنًا، في نفس اليوم الذي استلمنا الرسالة بها، بتمام الساعة العاشرة مساءً، لقد سمعنا أصواتًا غريبة في المنزل.

المحقق جون: وهل تستطيعون تحديد اتجاه الصوت؟

ماري: سيدي، الصوت كان قادمًا من أمام غرفتي في الردهة، كان يزداد وينخفض تدريجيًّا.

المحقق جون: وكيف ذلك؟

ماري: لا أعلم سيدي، ولكنه إذا استمعت للصوت، فإن الصوت فيه اختلافات بالموجات الصوتية؛ إذ إنه كان يزداد

ويتناقص، في الحقيقة سيدي، كان مثل صوت آتٍ من مكبر صوت، ولعِلمك سيدي، أنا أعمل في المسارح وأنني أستطيع تفريق الصوت إذ كان أتى من مكبر صوت أم لا.

المحقق جون: وما هي الأصوات؟

ماري: إنها الأصوات؛ كانت لصرخات امرأة، وبعض أصوات أطفال – والأصوات كانت متشابكة.

المحقق جون: وهل حدث أمر آخر؟

روبرتسون: نعم! في اليوم الذي يليه قام أحد بدخول غرفتي، لقد كان الظلام دامسًا فلم أستطع الرؤية بوضوح، ولكني لاحظت أن هناك شخصًا في الغرفة لم أستطع تحديد شكل الشخص؛ لأن المكان كان مظلمًا ولكنه عند لحاقي به قام بالركض سريعًا للنافذة وقفز منها، لذلك لم أستطع اللحاق به.

الآنسة روز: وأيضًا سيدي، لقد حدث بعض الحرائق في المنزل.

المحقق جون: وأين حدثت الحرائق؟

الآنسة روز: إنّني أتذكر أنه هناك، الحريق وقع أمام البوّابة الرئيسة للمنزل.

الآنسة ماري: أجل، وأيضًا سيدي لقد حدث حريق في إحدى الغرف، ولكن لَم يكن خطرًا.

المحقق جون: في أي غرف تحديدًا؟

الآنسة ماري: كانت إحدى غرف الخدم، كما ترى يا سيدي إننا نعيش في منزل كبير، ولكن ليس لدينا العديد مِن الخدم، لذلك معظم غرف الخدم فارغة.

المحقق جون: وهل حدث شيء آخر؟

كمبر: لا، هذه الأحداث التي حدثت لنا في الآونة الأخيرة.

المحقق جون: حسنًا، يستطيع الجميع الانصراف ولكن إن حدث شيء غريب يجب عليكم إخبارنا.

انصرف الجميع ولكن سيدة ليسا لم تنهض من مكانها، وأخرجت السجائر وجلست تنظر إلى نافذة الغرفة، ذهبت كليسكو لتتفقد سيدة ليسا.

كليسكو: مرحبًا سيدتي، هل أنتِ بخير؟ تبدين شاحبة الوجه.

ليسا: لا.. أنا بخير، في الحقيقة.. نعم، أنا لست بخير ولكن المرء يجب عليه التظاهر أنه بخير.

كليسكو: ما الذي يضايقك سيدتي؟ هل هي القضية أم هناك شيء آخر؟

ليسا: القضية هي آخر شيء أتضايق منه، في الحقيقة أنا راضية بما يحصل لكمبر، فكما تعلمين لكل شيء جميل هنالك جانب مظلم وقبيح.

هل تعلمين أن هذا المنزل يجب أن يكون لجورج ولكنه أصبح لكمبر؟! كيف؟! لا أحد يعلم بذلك!

كليسكو: ماذا تقصدين؟ أليس هذا المنزل للسيد كمبر؟

ليسا: بعد وفاة السيد روجيرت – وهو والد كمبر وجورج – كانت الوصية تنص أن جورج يحصل على ربع الممتلكات، وأن كمبر يأخذ الجزء الأكبر من الممتلكات، وأيضًا هذا المنزل.

كليسكو: أليس هذا ظلمًا للسيد جورج؟

ليسا: في الحقيقة، السيد روجيرت كان مولعًا بولده جورج، ويفضله أكثر من كمبر، ولكن عند وفاته، لا أحد يعلم كيف أعطَى الجزء الأكبر لكمبر؟!

ليسا: ليس هذا فقط، فخفايا كمبر كثيرة لا يعلمها أحد، تعلمين.. أن في بعض الأحيان أتساءل: "كيف استطاع أن يحصل على طفلين ناضجين ماري ولوس؟!" ولكن ابنه الأوسط روبرتسون مثل والده بتصرفاته.

كليسكو: وكيف ذلك؟

ليسا: إن روبرتسون يحب التملك والسيطرة على كل شيء وقد كان يريد أن يستدرجني بأمواله لأترك جورج وأن أذهب معه.

كليسكو: وكيف ذلك؟ ألست بزوجة عمه؟

ليسا: أنت لا تعلمينه، كيف يصبح المرء عندما يفكر؟ أصبح العمر أهم مِن النضج!

ليسا: أستسمحك آنستي، سوف أغادر إلى غرفتي، إنني أشعر بالإرهاق، وأريد أن أستريح.

كليسكو: حسنًا سيدتي، أتمنى أن تصبحي بخير.

ذهبت ليسا ولكنها تنادي كليسكو من بعيد.

ليسا: مهلًا آنستي!

كليسكو (الخجل في وجه كليسكو): نعم سيدتي، تستطيعين مناداتي بكليسكو.

ليسا: حسنًا الآنسة كليسكو، هل لديك عمل غدًا في الساعة التاسعة صباحًا؟

كليسكو: في الساعة التاسعة.. (تفكر) لا أعلم.. لماذا؟! هل تريدين شيئًا سيدتي؟

ليسا: حسنًا، غدًا الساعة التاسعة صباحًا لدي مسرحية، ومن الرائع حضورك للمسرحية.

كليسكو: شكرًا لدعوتك سيدتي! ولكني سوف أرى إن أستطيع الحضور.

ليسا: سوف أقوم بإرسالك الدعوة، وأرجو حضورك.

كليسكو: حسنًا، شكرًا سيدتي.

هل تعرفني؟

غادَرَت ليسا متجهة إلى غرفتها، وذهبت كليسكو لرؤية المحقق لتخبره بالمعلومات التي حصلت عليها من السيدة ليسا، كان المحقق جون جالسًا خارج المنزل أمام نافورة الحديقة وكان يتمعن إلى نوافذ المنزل، وارتسمت علامات الحيرة على الوجه.

كليسكو: هل أنت بخير سيدي المحقق؟

المحقق جون: كليسكو، هل ترين شيئًا مريبًا في نوافذ المنزل، وفي أحداث التي ذكرتها العائلة.

تعجبت كليسكو من السؤال، لم يراودها هذا السؤال من قبل في ذهنها.

كليسكو(متعجبة): حسنًا سيدي، لننظر بما قاله السيد روبرتسون، إن شخصًا دخل غرفته وإنه هرب من نافذة غرفته، والسيد روبرتسون يسكن بالطابق الأعلى، فمن الصعب للشخص بالقفز من نافذة غرفته لأنه سوف يتأثر بجروح

28

وإصابات في بدنه، ولكن إن خرج من الشرفة فذلك شيء آخر؛ لأنها كما ترى تطل بدرج، فلماذا لم يهرب ويتجه إلى درج الشرفة بدلًا من النافذة.

المحقق جون: لقد وصلتِ إلى النقطة التي كنت أفكر بها، وليس ذلك فقط؛ فالآنسة ماري قالت: "إنها كانت تسمع أصواتًا قريبة من غرفتها في الردهة"، وعند ذهابي كانت هناك ثلاث غرف مجاورة؛ غرفة ماري، وغرفة روز، وغرفة كمبر، ولكن لماذا لم يستطيعوا سماع الصوت مثلما سمعته ماري؟ هذا هو السؤال الآن.

كليسكو: وهل تقترح أنها تكذب؟

المحقق جون: لا أستطيع أن أقول إنها كاذبة، لأن كمبر قال: "إن الجميع سمعوا أصواتًا أيضًا"، ولكنهم لم يفصحوا بشرح التفاصيل، وهذا يجعل الخيط مقطوعًا لحل الأمر، هل حصلت على معلومات من السيدة ليسا؟

كليسكو: لَم أحصل على معلومات كثيرة، ولكن السيدة ليسا قامت بإعطائي بعض التفاصيل عن السيد كمبر.

السيدة ليسا أخبرتني أن والد كمبر وجورج السيد روجيرت، لقد قام بإعطاء أكبر حصة من ممتلكاته بعد وفاته للسيد كمبر، وقام بإعطاء السيد جورج بربع الممتلكات، ولكن أذهلتني

ليسا عند إخباري أن السيد روجيرت كان يفضل ابنه جورج أكثر من ابنه كمبر، ولكن لا أحد يعلم لماذا قام بإعطاء أكبر حصة من الممتلكات للسيد كمبر؟!

وأيضًا قالت السيدة: إن الابن الأوسط روبرتسون لقد قام باستدراجها باستخدام أمواله لتركها جورج والذهاب معه.

المحقق جون: إنه لأمر غريب لكل عائلة غنية، لذلك سوف ترين المشكلات التي لا تعلق في ذهن المرء، أحسنت يا آنستي، إن هذه المعلومات سوف تفيدنا.

كليسكو (وعلامات الخجل ظاهرة على وجهها): شكرًا.

المحقق جون: أجل، أريد أن أخبرك أننا سوف نذهب غدًا إلى مدينة غوتاخ – إجرن.

كليسكو: وهل هناك أمر طارئ؟

محقق جون: ليس بأمر طارئ ولكن سوف نقوم بزيارة الآنسة جوري، هي الوحيدة التي دخلت إلى المكتب قبل رؤية كمبر للرسالة.

كليسكو: ومتى سوف نقوم بزيارتها؟

المحقق جون: هل لكِ عمل غدًا؟

كليسكو: نعم سيدي، إن السيدة ليسا قامت بدعوتي لحضور مسرحية سوف تكون غدًا في الساعة التاسعة صباحًا.

المحقق جون: حسنًا، اذهبي إلى المسرحية غدًا، لعلنا نحصل على معلومات، وأنا سوف أذهب مع الشرطي فرانسيس.

كليسكو: سيدي، سوف أكون حريصة غدًا بجَمعِ التفاصيل المهمة، ولكن سيدي جون، هل تستطيع العمل مع فرانسيس؟

المحقق جون: لقد عملت مع الكثير من الأشخاص الذين يشبهون فرانسيس، لذلك الأمر سوف يجري على خير لا تقلقي، في الحقيقة، أنا أحب العمل مع الأشخاص الذين يشبهون فرانسيس.

عند انتهاء كليسكو التحدث مع المحقق استأذنته للذهاب إلى غرفتها.

ذهبت كليسكو إلى غرفتها، وقامت بكتابة رسالة لأختها جينا، تصف لها يومها والأحداث التي صارت معها، وعند انتهائها من كتابة الرسالة قامت بوضعها تحت وسادتها.

أخذت كليسكو حبتين من المسكن، ثمة استلقت كليسكو لتأخذ قسطًا من راحة، وعند مرور أربع ساعات فزعت كليسكو من فراشها إذ إنها رأت حلمًا غريبًا. اقشعر بدنها وشعرت برعشة من الخوف والهلع، رأت كليسكو الساعة؛ إذ إنها تجاوزت أربع ساعات من نومها.

كليسكو(والتعب في وجهها): إنني استغرقت ساعة فقط! كيف مرت أربع ساعات! كان نومي مشحونًا بالأحلام الغريبة ولكن ما الحلم الذي أيقظني؟ إنه لحلم غريب، في العادة أنا لا أتذكر أحلامي ولكن هذا الحلم كان غريبًا، تفاصيله وأحداثه ما زالت محفورةً في ذهني.

ما هذا الحلم الذي خافت منه كليسكو؟! وكيف ستقوم بنسيانه ومحوِه مِن ذاكرتها؟!

نهضت كليسكو من فراشها وقامت بشرب كوب من الماء والحلم لا يزال في رأسها، خرجت من غرفتها لتتمشَّى، لعل الحلم يفارق ذاكرتها، لقد كان ذلك في الساعة الواحدة صباحًا.

كل أفراد المنزل نيام، عند تجولها بالمنزل تأملت كليسكو تفاصيل المنزل، كان ديكور المنزل الداخلي يعم بتفاصيل فيكتورية قديم الطراز.

وتوجهت كليسكو إلى الطابق الأرضي الذي يعم باللوحات المختلفة التي تتراوح أسعارها الملايين، وعند تأملها للوحات كانت هناك لوحة لفتاة يافعة، جميلة الشكل ذات بشرة بيضاء، وعين عسلية، ووجه صغير، والذي كان يميز الفتاة الشامة التي كانت أسفل شفتيها، وشعرها كالذهب الصافي، ناصع اللمعان.

كانت الفتاة تجلس على كرسي ذهبي اللون، وفيه بعض التفاصيل الجميلة مِن زهرة البنفسج، وكانت ممسكة بالزهر بيدها اليمنى.

زهرة البنفسج يطلق عليه في الألمانية (فيهكين) فجأة، تذكرت كليسكو عن قصيدة لهذه الزهرة تسمعها كثيرًا بمدينتها أن القصيدة للكاتب (يوهان فولفغانغ فون غوته)، انتشرت القصيدة أول مرة في مارس 1775م، والقصيدة تدور حول الحاجة إلى الراحة الإنسانية للحبيب وتقسيم الحب، ثم انطلق ألم الحب بالموت السلمي للبنفسج.

البنفسج متواضع وغير معروف وجميل، لكن لا يمكن ملاحظته بسبب مظهره الخالي من الملامح.

اختبرت البنفسج أولًا فرح اشتياق الحب، وهو اشتياق رعاية الراعية، ثم يصور الكاتب ألم الحب بلغة أنيقة، يكتسب البنفسج الصغير وفاءه عندما يموت، والقصيدة هي:

وقفت البنفسج في المرج

مع جبين متواضع

رزين وحسن

كان أحلى بنفسج

هناك جاءت راعية بخطوة شبابية وسعادة

من غنى؟

من غنى على طول الطريق هذه الأغنية؟

يا! اعتقدت البنفسج، كيف أنا الصنوبر ليكون جمال الطبيعة

لي

ولو للحظة

لذلك قد يلاحظني حبي وفي حضنها اربطني،

أتمنى..

أتمنى إذا، ولكن لحظة طويلة

لكن

مصير قاسٍ! جاءت العذراء

دون لمحة أو رعاية له

داست البنفسج

غرق ومات، ولكن لحسن الحظ: وهكذا أموت ثم دعني أموت

لها

لها

تحت قدميها العزيزة.

أحبت كليسكو القصيدة وحفظتها؛ لأن أختها جينا دومًا ما تشعر بقصيدة في المنزل، انتهت كليسكو من التجول وعادت إلى غرفتها ولكن للأسف، الحلم الذي حلمت به بات في رأسها، وأيضًا اللوحة التي قامت برؤيتها في الردهة للفتاة الجميلة، إذ إن ملامحها تشبه ملامح شخص قامت بمقابلته في الآونة الأخيرة، ولكنها لا تستطيع أن تتذكر.

خلدت كليسكو إلى النوم في الساعة الثالثة، واستيقظت في الصباح في الساعة السادسة.

في الصَّباح ذهبت الآنسة روز لإيقاظ الآنسة ماري.

روز: ماري هيا استيقظي، إنَّها السابعة... هيا.

ماري (وهي تحاول فتح عينَيها والتعب واضح على وجهها): ما الذي تريدينه روز؟

روز: عزيزتي ماري، يجب عليك النهوض للذهاب للمسرح وتجهيزه.

ماري: تجهيز.. مسرح.. إنه الثلاثاء يا روز.

روز: الثلاثاء! إنه الأربعاء وليس الثلاثاء.

ماري: الأربعاء! (وهي تنهض مسرعة لتتجهز وترتدي رداءها الذي كان من الحرير الأحمر) لماذا لَم تخبريني... إنني متأخرة، لماذا لَم توقظني عمتي ليسا.

روز (تجلس في الأريكة): إن والدتي لقد غادرت بتمام الساعة السادسة.

ماري: حقًّا، (تخرج ملابسها من خزانة الملابس وترتدي ما يخرج لها أولًا، لقد ارتدَت قميصًا أحمر مع تنورة صفراء طويلة) إنني حقًّا لَم أكن بوَعي بالآونة الأخيرة، يجب عليَّ أن أنتبه إلى أعمالي.

روز (وهي متعجبة بما ارتدته الآنسة ماري): هل حقًّا سوف ترتدين هذا؟!

ماري (تنتبه إلى ملابسها): آهٍ، ما هذا... (تتنَهَّد)، الآن يجب عليَّ أن أغيِّر ملابسي.

روز: نعم، يجب عليكِ تغييره، ارتدي الرداء الأخضر الحريري الذي هناك.

تسرع ماري لتغير ملابسها وتضع مساحيق تجميل بوجهها، تخبر الآنسة روز الآنسة ماري بأن تهدئ قليلًا، وأن تذهب لتناول الإفطار، إذ إنها لا تستطيع أن تذهب إلى العمل بمعدة خالية، عند انتهاء الآنسة ماري مِن تجهيز نفسها، تنزل هي ومعها الآنسة روز إلى الأسفل إلى غرفة الطعام.

تنادي الآنسة ماري الخادم كرس لإحضار الإفطار لها، يحضر الخادم كرس الإفطار إلى الآنسة ماري.

ماري: هل سوف تذهبين إلى المستشفى؟

روز: نعم، ولكن بعد انتهاء المسرحية سوف أتجه إلى المستشفى، ماري أنهي طعامك، وأنا سوف أذهب لإعطاء دعوة المسرحية إلى الآنسة كليسكو.

ذهبت الآنسة روز إلى الآنسة كليسكو لإهدائها بطاقة دعوة. أحضرت الآنسة روز بطاقة دعوة لمسرحية والدتها ليسا للآنسة كليسكو.

روز: آنستي كليسكو، إنني سوف أسر لقدومك مسرحية اليوم، الساعة التاسعة.

كليسكو راودها الفضول عند رؤيتها لها، إذ إن روز كانت ترتدي بدلة بيضاء للممرضين.

كليسكو: هل تسمحين لي بالسؤال يا آنسه روز!

روز: نعم.

كليسكو: هل أنت تعملين ممرضة؟

روز: نعم آنستي، ولكنه بدوام جزئي لقد قل عدد الممرضين في المستشفى، وهم يريدون أشخاصًا لمساعدتهم، ولبيت طلب العون لهم كما ترين؛ فإن الأشخاص في التزايد في المستشفى لطلب العلاج، ومن الجيد مساعدتهم.

كليسكو: إنك تقومين بعمل جميل يا آنستي، أتمنى أن أرى أشخاصًا مثلك.

روز: شكرًا آنستي، هل سوف تحضرين مسرحية والدتي فإنها تتشوق لرؤيتك.

كليسكو: ذلك من دواعي سروري الذهاب إلى المسرحية، ولكن هل لي بسؤال آخر؟

روز: نعم.

كليسكو: هل سوف تحضرين المسرحية؟ فمن الجميل أيضًا وجودك هناك؟

روز: أجل، أجل، سأحضر مع ماري، سوف نكون هناك.

كليسكو: ماري سوف تحضر؟

روز: في الحقيقة، ماري تعمل وراء الستار لكل مسرحية تعرض لوالدتي، هي تساعد المنتج في أداء الصوت والإضاءة، وأيضًا هي تساعد بتصميم ديكور المسرحية، كما ترين فهي مهمة جدًّا في المسرحية.

توجه كل من كليسكو وروز إلى حديقة المنزل، جلسا بحديقة الزهور الصغيرة أمام النافورة.

كليسكو: هل أنت مقربة من ماري؟

روز: نعم آنستي كما ترين أنا الفتاة الوحيدة عند عائلتي، ومن الجميل وجود فتاة أخرى في العائلة فهي مثل أخت لي، إننا لا نختلف بالأعمار فهي أصغر مني بسنة فقط، وأيضًا إن والدة ماري لقد توفيت وكانت ماري صغيرة، لذلك قامت أمي بالاعتناء بها، إن والدتي ليسا اعتنت بماري مثلما كانت تعتني بي، وليس لدينا أي خلاف، نحن سعيدتان بعلاقتنا مع بعض.

كليسكو: من الجميل أن تكون معك أخت تساندك عندما تحتاجينها.

روز: أجل، يا آنستي.

استأذنت روز بالانصراف، جلست كليسكو تنظر إلى جمال حديقة الزهور الصغيرة، ولاحظت وجود زهرة البنفسج في

الحديقة، وتذكرت لوحة الفتاة التي كانت في الردهة؛ إذ إن أزهار البنفسج تغطي الحديقة مع بعض أزهار الروز، وأزهار الثلج البيضاء.

كليسكو: إن الغريب في الأمر هو رؤية زهرة البنفسج في جميع أنحاء المنزل.

ذهبت كليسكو إلى مسرحية التي كانت في غورليتس، عند حضورها جلست في الصف الأخير، ولكن روز لاحظت بوجودها، وقامت بدعوتها للجلوس بالصف الأمامي، كانت الرؤية واضحًا للمسرح.

في دخول الساعة التاسعة والنصف بدأت المسرحية، كانت بدايتها مشوقة، إذ إن المسرحية كانت تتمحور عن فتاة تدعى (فيونا) التي تمثلها السيدة ليسا، كانت فتاة ذات حياة تعيسة، وكانت دائمًا ما تفكر بالخروج من المألوف وأن تعيش حياة جديدة، ولكنها تواجه صعوبة بتغير حياتها إذ إن ظروف حياتها لا تساعدها، وبذلك واجهت تحديات كثيرة: إذ إنه أول تحدٍّ لها هو كيفية تخلصها عن جروحها الماضية، وكيفية تغير مشاعرها السلبية وتفكيرها السلبي بإيجابي، ولكن أصعب تحدٍّ واجهته هو كيفية تغير نظرتها لظروف حياتها التعيسة، وعند نهاية الأمر تنجح فيونا بتغير مسار حياتها، والدرس الذي تعلمته فيونا هو:

"لا تستسلم لظروف الحياة لأنها لا تبني الشخص، ولا تقل أنَّ ظروف هذا الشخص جعلته هكذا.. وإنما يستطيع الشخص تغير حياته بنفسه، بأن يغير تفكيره السلبي إلى إيجابي، وأن يعلم أن أفكاره هي التي تلعب في مشاعره؛ فإن كنت خائفًا من شيء ففكر بسبب خوفك من هذا الشيء، وتعلم كيف تغير هذا الخوف لصالحك، غيِّر البيئة السامة التي تعيشها ببيئة تناسبك، ويجب عليك بأن تسلم أمرك كله لله لتعيش سعيدًا، وتعلم أن ظروف الحياة عبارة عن دروس تُعلِّم الشخص بالنهوض بحياته، وتعلِّمه كلما أحسَّ أن المكان ضيق عليه يجب عليه الخروج؛ لأن هذا المكان لا يناسبه وأن هناك مكانًا آخر له".

عند وصول بمنتصف المسرحية لاحظت كليسكو بوجود روبرتسون في آخر الصف، كانت عيناه تفيض بالإعجاب، وينظر إلى ساعته من حين إلى آخر كأن الوقت بات أن يجري عنه، انتهت المسرحية قامت كليسكو بالالتفات إلى خلف، عساها ترى روبرتسون ولكنه لم يكن موجودًا.

جاءت روز وماري أمام كليسكو، أخبرتها بأنها تستطيع أن تذهب لمقابلة السيدة ليسا، لقد ذهبت كليسكو إلى ليسا إذ تسمع صرخات غضب آتية من غرفة ليسا.

كانت ليسا تصرخ غاضبةً بصوت غليظ لم تستطع كليسكو بالتركيز لكلامها، ولكن عند دخولها انتبهت بوجود روبرتسون بالغرفة، لقد كان غاضبًا يتطاير الشرار من عينيه، وتنفر عروق رقبته، وتتصلب عضلاته، عند ملاحظة روبرتسون بدخول كليسكو قام ترك يد ليسا وخرج من الغرفة.

لقد ذهلت بما رأت، لم تصدق كليسكو ليسا عند إخبارها عن روبرتسون ولكن اتضح أن كلامها كان صحيحًا.

ترقرقت عينا ليسا دموعًا، وكان الخوف يتملكها، لقد ذهبت كليسكو إليها لتخفف عنها وتخفف ارتجاف يدها، استأذنت ليسا من كليسكو بالانصراف، إذ إنها لا تستطيع البقاء هناك كثيرًا.

كليسكو: لماذا لا تذهبين معي سيدتي، إنني سوف أذهب إلى المنزل ومن الجيد وجود شخص معك.

ليسا: إن هذا أفضل، شكرًا.

توجهت كليسكو والسيدة ليسا إلى السيارة للذهاب إلى منزل العائلة.

كليسكو: هل تسمحين لي بالسؤال؟

ليسا: نعم.

كليسكو: هل السيد جورج يعلم بما يحصل لك؟

ليسا: لا، إنه لا يعلم وإنني أخاف أن أقول له الحقيقة، وأنا أتوسل إليك ألا تخبرينه بذلك.

كليسكو: ولماذا لا يجب على زوجك معرفة الحقيقة؟

ليسا: إن جورج شخص رائع وطيب القلب، وإنني أخاف أن أخبره ويلقي اللوم علي ويتركني.

كليسكو: وكيف ذلك؟

ليسا: في الحقيقة، إنني كنت فتاة أسكن في الريف وأوضاع عائلتي كانت يرثى لها، وكنت أقوم بالعمل بالكثير من الوظائف لحصولي على لقمة عيشي، وعند عملي بالمستشفيات للعناية للمرضى، لقد أحضروا جورج إلى المستشفى وكانَت حالته حرجة، وأنا التي كنت مسؤولة بالاهتمام والاعتناء به، وعند شفائه كان كثيرًا ما يأتي للمستشفى لِتفَقُّد أحوالي والسؤال عني، ولقد تواعدنا لمدة سنة، وبعد ذلك هو طلب الزَّواج مني.

وعند دخولي للمنزل أول مرة، لم يعجب كمبر بدخولي للمنزل وقام بخداع أخيه بأنني أُقيم علاقة مع أحد الخدم، لقد أخبرت جورج بالحقيقة، ولكنه لَم يصدقني، بعد ذلك قام جورج بفصل الخادم ولَم يكلمني لشهرين، لقد تأسفت له بما جرى لأنني لا أريد أن تتدهور أوضاعي مرة أخرى.

إن جورج ساعد عائلتي؛ لقد قدم الكثير من العون لعائلتي حتى تغيرت أوضاعنا تدريجيًا للأفضل، وبفضله أصبحت بما أنا به الآن أفضل ممثلات غورليتس.

كليسكو: إنك تخافين أن ينقلب الوضع وأن تخسري السيد جورج، ولكن هل سوف تتركين السيد روبرتسون يعاتبك طوال حياتك؟

ليسا: يعاتبني أفضل من أن يتركني زوجي جورج.

وصل كل من كليسكو وليسا إلى المنزل، استقبلهما السيد جورج بابتسامة عريضة على وجهه.

ليسا: هل انتهيت من عملك؟

جورج: أجل لقد انتهيت، كيف كان العرض؟ هل كان جيدًا آنستي كليسكو؟

كليسكو: نعم سيدي كان أكثر من جيد.. كان رائعًا، لقد أذهلني تمثيل السيدة ليسا، لقد كان تمثيلًا رائعًا وكان واقعيًّا.

جورج: آهٍ أجل، إن تمثيلها يجعلك تعيشين في أحداث العرض كأنها قصة من الواقع.

استأذن السيد جورج الآنسة كليسكو، لأنه هو وزوجته ليسا سوف يذهبان إلى الخارج.

يدخل كل من السيد جورج والسيدة ليسا إلى سيارة، يخرج جورج سيجارته وتخلع ليسا قبعتها عن رأسها، وتسرح شعرها الطويل الحريري.

جورج: ليسا، لماذا حضرت الآنسة كليسكو المسرحية؟

ليسا(ترتدي قبعتها): لقد طلبت منها الحضور، لقد أرسلت بطاقة الدعوة إليها، لماذا تسأل؟

جورج: إنه من الغريب بالأمر رؤيتها هناك، لقد أعتقد أنها هي التي أرادت القدوم.

ليسا: لا، إنني مَن طلبت قدومها، هل تعلم عزيزي جورج، مِن النادر بالنِّسبة لي أن أشعر بالراحة مع بعض مِن الأشخاص في حياتي، لكن هذه الآنسة لديها شيء غريب، إذ إنني أشعر بالراحة عند التحدث معها، كأنني أعرفها منذ سنوات، (تتذكر شكل كليسكو) وأيضًا إنَّها حقًّا جميلة، فقط لو وضعت مساحيق التجميل، وغيرت زي الشرطة الذي ترتديه دائمًا، لكانت أكثر جمالًا، ليس من العدل حقًّا إخفاء جمالها، (تفكر) هل تعلم، بإمكاني تحسين مظهرها وجعلها تمثل معي في أحد عروضي المسرحية.

جورج: أنتِ مهتم حقًّا بعروضك المسرحي.

ليسا: آهِ عزيزي جورج، ما الذي أقوله؟ يجب عليَّ التفكير برحلتنا إلى بريطانيا وأنا أفكر بمسرحياتي.

جورج: لا عليك، يجب أن نلحق برحلتنا إلى بريطانيا حتى لا نتأخَّر.

ليسا: أريد حقًّا مشاهدة العروض المختلفة، وأنا أتطلع إلى رؤية المسارح.

جورج: ولكن عزيزتي ليسا، يجب علينا أن نعود بسرعة لأجل أعمالي، فكما تعلمين لديَّ العديد من أعمال التي يجب إنهاؤها.

ليسا: أجل، إنني أعلم بذلك لا تقلق، عزيزي جورج، هل حقًّا... (مترددة من السؤال)، هل حقًّا سوف تجعل روبرتسون يعمل معكَ في المشروع الجديد؟

جورج: أجل، فليس لدي خيار آخر، إنَّني أعلم أنه ابن أخي، شخص لا يُطاق.. ولكنَّه جيد بالأعمال، إنَّني أتساءل أحيانًا كيف لأخي كمبر المغفل هذا الفتى الذكي، إنَّه حقًّا جيد بالأعمال، هل تعلمين لقد استطعتُ أن أربح ثلاث صفقات تجارية بسببه.

ليسا: ولكن جورج...

جورج: إنني أعلم أنَّه كالثعلب، إنَّه دائمًا ما يبحث عن فائدته في كلِّ شيء، ولكنَّني لا أستطيع أن أجعل جاك يعمل معي بهذا

المشروع، إنَّني أنهكت هذا الفتى كثيرًا بالأعمال المختلفة، وكما تعلمين هو أيضًا لديه أعماله الخاص، ويريد أن يفتح مشاريعه الخاص، إنني لا أستطيع أن أضغط عليه كثيرًا وجعله يعمل معي بهذا المشروع، وأيضًا لا أعلم ما حل به بالآونة الأخيرة، إنه لا يُحادثني ولا يَجلس معي مثل العادة، هل تعلمين ما خطبه؟

ليسا: إنني لا أعلم أيضًا عزيزي، لقد حاولت بأن أتكلم معه في الآونة الأخيرة، ولكنه يقطع الحديث ويذهب بسرعة إلى أعماله، إنني أيضًا قلقة عليه، يجب علينا أن نجد حلًّا، إنني لا أستطيع أن أراه هكذا.

عاصفة قادمة

غادر السيد جورج مع السيدة ليسا، وذهبت كليسكو إلى غرفتها، وضعَت رأسها بوسادتها، وبادر إليها تذكر الحلم الذي راودها، سردَت كليسكو حلمها لفَهم أحداثه، لعلها تعلم سبب خوفها منه.

وأيقظها المفاجئ، بدأ الحلم بوجودها في الغابة المظلمة، ووجدت منزلًا بمنتصف الغابة فتوجهت كليسكو إلى منزل مجهول في الغابة.

وعند دخولها المنزل رأت أنه قديم، وفيه تفاصيل مرعبة لم تستطع كليسكو البقاء كثيرًا في المنزل لذلك، سرعان ما توجهت إلى الباب ولكنها لم تستطع فتحه؛ لأن الباب كان مغلقًا بقوة، وبدأ خروج بعض أصوات غريبة في المنزل كصرخات أطفال ونساء، وفجأة اشتعلت نيران كثيرة، لقد خافت كليسكو لأنَّها لم تستطِع الهرب مِن المنزل.

وبعد دقائق تحوَّل الباب إلى امرأة عكسَت شكلها، خافت كليسكو لرؤية انعكاسها على المرأة، كان انعكاسها يخبرها بأنه سوف يقوم بقتلها، وخرجت صورتها العاكسة لتنقض عليها إذ قامت بإمساك رقبة كليسكو بقوة، نادت كليسكو للمساعدة، ولكن لَم يكن هنالك أحد.

تساءلت كليسكو، كيف أخرج؟! هل أنا بحلم؟! تكاثرت تساؤلات محيرة في رأسها، وفجأة يختفي انعكاسها ويفتح باب المنزل وتستيقظ من حلمها.

كليسكو: ما هذا الحلم الذي راودني؟! إذ إنَّها تذكَّرَت أصوات الأطفال والنساء المخيفة، فجأة تذكَّرَت كلمات ماري عندما قالت: "إنها سمعت أصوات صرخات أطفال ونساء"، لا أعلم إذ كانت الأصوات متشابهة أم أنَّ العقل قام بتخيل هذه الأصوات؟! ولكن لماذا أصوات الأطفال والنساء؟! لماذا لم يكن هناك أصوات أخرى؟!

وصل المحقق جون والشرطي فرانسيس إلى مدينة غوتاخ - إجرن.

فرانسيس: كانت الرحلة طويلة.
المحقق جون: أجل كانت كذلك.

وصلا إلى منزل الخادمة جوري، نقر المحقق على الباب، وخرجت إليه الخادمة جوري.

استغرب المحقق عند رؤيته للخادمة، إذ إنها كانت فتاة زاهية، واتصفت بملامح الغِنى، والعيون الواسعة، إذ عند رؤيتها ترى أمواج البحر في عينيها، وكانت نحيفة الوجه طويلة القامة.

جوري: مرحبًا بكم، هل أعرفكم؟

المحقق جون: نحن هنا لتحقيق بقضية في منزل كمبِر.

جوري: تفضلا، وسامحاني لم أعلم أنكما سوف تحضران اليوم، وأنه سوف يتم التحري عن القضية.

دخل المحقق جون والشرطي إلى منزل الخادمة، واتَّجَها إلى الغرفة الرئيسة في المنزل، كان المنزل صغيرًا ذات ثلاث غرف، ولكن تفاصيل المنزل الداخلية كانت جميلة، إذ إنها اتصفت بالذوق والألوان الهادئة.

ذهبت الخادمة لتحضر الشاي وبعضًا من المقبّلات إلى السيد جون وفرانسيس، جلسَتِ الخادمة أمام النافذة، وبدأ المحقق جون بالتحقيق معها.

المحقق: آنستي، لقد سمعنا من السيد كرس أنكِ قمت بتنظيف المكتبة قبل دخول السيد كمبر إليها وقبل رؤية كمبر للرسالة.

جوري: نعم سيدي، إنني أقوم بتنظيف المكتبة دائمًا في الصباح؛ لأن سيد كمبر لا يحب أن يكون المكان متسخًا، فإنه يقضي معظم أوقاته في المكتبة.

المحقق جون: وهل رأيتِ الرسالة عند تنظيف المكتبة.

جوري: لا يا سيدي، لَم أرَ أيَّ رسالة عند تنظيفي.

المحقق جون: السيد كمبر أخبَرَنا أنه رأى الرسالة في طاولة المكتبة فوق الكتاب.

جوري: ولكن عند تنظيفي لَم أرَ أيَّ رسالة، فقط رأيت الكتاب يا سيدي.

المحقق جون: وما الذي تعرفينه من الحوادث التي حصلت، من أصوات وحرائق...

جوري: في الحقيقة سيدي، إنني لَم أسمع أيَّ أصوات ولكن الحرائق لقد رأيتها، لقد حدث أول حريق في محمية الخضروات خلف المنزل، في الحقيقة سيدي، لا يذهب أحد هناك؛ إذ كانت الخضروات الموجودة باهتة ولم تكن جيدة، والحريق الآخر حدث أمام البوابة الرئيسة ولكنه لم يكن خطيرًا جدًّا.

المحقق جون: وهل حدث شيء آخر؟

جوري: لا أعلم سيدي، لأن في الآونة الأخيرة لم أكن موجودةً في المنزل، لذلك لا أعلم إن حدث شيء آخر.

المحقق جون: شكرًا لك آنستي، ولكن ما المرض التي تعانيه والدتك؟

جوري: إن والدتي كانت تعاني بعضًا من أمراض القلب وانخفاض نسبة دم لديها، ولكن في الآونة الأخيرة ظهرت لها بعض أمراض الهلوسة، إنها تتخيل أشياء غريبة وتسمعها وترى أشياء لا يستطيع المرء تصديقها، الطبيب أيضًا لم يستطع معرفة سبب ظهور الهلوسة مفاجئًا لوالدتي.

المحقق جون: آنستي، هل تسمحين لي برؤية والدتك؟

جوري: نعم نعم، سوف أتفقدها ربما هي نائمة.

(ذهبت جوري لتفقد والدتها ووجدت والدتها مستيقظة)

تفضل سيدي، أستسمحك إذ كانت تصرفاتها غريبة إذ إنها لم تقابل أشخاصًا جددًا منذ سنتين.

المحقق جون: لا عليك يا آنستي.

يدخل السيدان جون وفرانسيس إلى ميلا وهي والدة جوري.

جوري: أمي، إن هناك سيدين يريدان مقابلتك.

المحقق جون: مرحبًا سيدتي، من الرائع مقابلتك، كيف حالك؟

السيدة ميلا: مرحبًا مرحبًا، إنني بخير، وأيضًا صديقي الفرس بخير.

المحقق جون: وهل لديك صديق فرس؟

ميلا: نعم إنه هناك، إ...إنه خجل بعض الشّيء.

المحقق جون: مرحبًا أيها الفرس!

ميلا: كيف لي أن أخدمك سيدي؟

المحقق جون: لا أريد شيئًا إنما أريد أن أقابلك، (يتمعن بتفاصيل الغرفة) إن غرفتك جميلة وتفاصيلها دقيقة.

ميلا: أجل لقد قمت باختيار كل شيء فيها.

جوري: إن والدتي كانت مصممة ديكورات للمنازل الداخلية.

المحقق جون: جميل (أدغيابل)، إنَّه من الرائع مقابلة أشخاص ذوي حسٍّ عالٍ بالتفاصيل.

ميلا: شكرًا لكَ سيدي، وكيف حالك يا سيد لويس؟ كيف هي أعمالك في الملاحة؟

الشرطي فرانسيس: مَن لويس؟ أنا فرانسيس، إنني أعمل بالشرطة.

ميلا: لا.. إنك السيد لويس، إنني لا أنسى هذين الحاجبَين السَّميكَين والمليئَين بالغضب، هل تقول لي إنني أصبحت مجنونة؟

الشرطي فرانسيس: لا، لَم أقصد بذلك ولكنَّني لست بلويس.

المحقق جون (مبتسمًا): لا سيدتي، إنه الشّرطي فرانسيس، إنه يعمل معي بقضية عائلة كمبر.

ميلا: كمبر مجددًا.. إنني لا أُطيقه.. ولقد أخبرتُ ابنتي بترك العمل في منزله.

المحقق جون (بتعجب): ولماذا تقولين ذلك يا سيدتي؟ هل حدث معكم شيء؟

ميلا: حسنًا.. إنها قصة طويلة بعض الشيء.

المحقق جون: وهل تستطيعين أن تُخبرينا عنها؟

ميلا: حسنًا.. إن كمبر طلب الزواج من أختي كريستال، كانت لا تزال في سن صغير وغضب منها عندما قامت برفضه، لَم يستطع والدي حل المشكلة، فكان العذر الوحيد أنها صغيرة في العمر.

ولكنه بعد مرور أعوام عديدة، حضر إلى منزلنا مرَّة أخرى للزواج من أختي ولكنها رفضته مرة أخرى.

بعد مرور فترة اختفت كريستال بعضًا من الأشهر، ولَم نستطع أن نعرف أين ذهبت؟

وفي نفس الفترة، لم يحضر كمبر إلى منزلنا مثل العادة، لعِلمكَ أنه كان دائمًا يأتي لعائلتي لطلب الزواج من كريستال.

وبعد فترة، رجعت إلينا كريستال والخوف مسيطر عليها وعلامات الرعب في وجهها، لَم نستطع معرفة ما الذي حدث لها.

لقد مرَّ شهران كاملان للحادث وهي في نفس الحالة، وقرَّرت السفر إلى بلاد أخرى، ولكن خاف والدي من السيد كمبر إذ إنه لَم يقم بزيارتنا عند اختفاء كريستال، ولا نعلم إذا قام بفعل شيء سيئ لها.

المحقق جون: وأين ذهبت سيدة كريستال؟ إلى أي بلد سافرت؟

ميلا: لا أعلم سيدي، ولكنها دائمًا كانت تحلم بالسفر إلى الهند، فهي تُحب الأجواء في تلك البلاد، وهي تتلهف للذهاب إلى الهند، دائمًا ما كانت تقص علَيَّ القصص التي كانت تقرؤها عن الهند.

المحقق جون: حسنًا سيدتي، شكرًا لك لاستقبالنا في منزلك، والسماح لنا بالقدوم لرؤيتك، وأتمنَّى لكِ الشفاء العاجل.

بدأ ظهور أعراض غريبة للسيدة ميلا إذ إنها كانت تمثل لجمهور من الناس أمامها ولقد نسيت بوجودنا معها.

جوري: آسفة سيدي، يجب عليَّ تقديم الدواء الآن لوالدتي، إنه يجب عليها أن تخلد إلى النوم أو أنها سوف تنهار بكاءً.

المحقق جون: وكيف ذلك؟

جوري: إن والدتي في الآونة الأخيرة، بدأت تتخيل أنها على مسرح وتقدم عرضًا لفتاة بائسة.

المحقق جون: وكيف ذلك؟ هل رأت أم سمعَت أيَّ شيء عن ذلك؛ لأن معظم الناس يقتبسون أدوارهم عند رؤيتهم أو سماعهم لشيء ما.

جوري: لا أعلم سيدي، ولكنها لم ترَ شيئًا بالآونة الأخيرة، إنني لم أقم بأخذها لأي مكان عند اشتداد مرضها.

المحقق جون: حسنًا، أستأذنك آنستي للذهاب، وأتمنى الشفاء للسيدة ميلا.

جوري: شكرًا لقدومكم فإنه من الجيد لزيارة أحد والدتي.

قبل أن يغادر المحقق جون والشرطي فرانسيس، يسأل الشرطي فرانسيس الآنسة جوري إذا كان لديها مرآة، تتعجب جوري من ذلك لكنها تخبره بالانتظار، ذهبت إلى غرفتها، قد أحضرت مرآة صغيرة لفرانسيس، بات فرانسيس ينظر إلى وجهه.

المحقق جون: ما الَّذي تفعله فرانسيس!

الشرطي فرانسيس: إنني أنظر إلى حاجبيَّ، هل حقًّا أنهما سميكَين ويبدوان غاضبَين؟ هل تقصد السيدة بأنهما قبيحَين؟

المحقق جون (وهو يبتسم): لم تقصد السيدة أنهما قبيحين، عزيزي، إن حاجبَيك جيدين على وجهك.

الآنسة جوري: أجل، إنهما حقًّا جيدَين.

فرانسيس: أجل، إنهما جميلين في وجهي، أجل إنهما كذلك.

المحقق جون (يستخدم عصاه لتحريك فرانسيس من مكانه): يجب عليك أن تتعلم ألا تتأثر بما يقوله الآخرون عنك، يجب أن تثق بنفسك، هيا فرانسيس لنذهب.

يهدي فرانسيس المرآة إلى الآنسة جوري ويشكرها، انصرف المحقق جون والشرطي فرانسيس إلى خارج المنزل ووصلت السيارة لاصطحابهم، دخل كل من السيدين السيارة، انتبَهَ المحقق جون إلى الشرطي فرانسيس.

المحقق جون: ما بك فرانسيس؟ فإن علامات الاستغراب لا تفارق وجهك.

فرانسيس: هل تصدق السيدة ميلا بما قالته عن السيد كمبر، فإن كلامها لا تشبه شخصية السيد كمبر.

المحقق جون: إنني لا أعلم أيضًا يا فرانسيس.

وصل كلا السيدين إلى المنزل لم يكن هناك أحد غير كبير الخدم كرس.

المحقق جون لكرس: هل هناك أحد في المنزل؟

كرس: نعم، إن الآنسة كليسكو في غرفتها، والسيد الصغير موجود في المنزل.

المحقق جون: وأين ذهب الآخرون؟

كرس: ذهب السيد جورج مع زوجته ليسا خارجًا، والسيد كمبر ذهب في الصباح إلى العمل ولم يعد حتى الآن، والآنستان ماري وروز اتجهتا للتسوق، وأما سيد روبرتسون فذهب لتفقد أعماله التجارية، وغادر سيد جاك لمدينة (غوسلار).

المحقق جون: أليست مدينة غوسلار بعيدة من المنطقة.

كرس: نعم سيدي ولكن الأعمال التجارة مزدهرة هناك، فالسيد جاك يحب المغامرة بتجارته لمدن مختلفة في البلاد.

المحقق جون: إني أرى أن السيد جاك لا يحب البقاء كثيرًا في المنزل.

كرس: نعم سيدي، فهو لديه طموح كثيرة في حياته، وهو لا يحب أن يبقى في مكان واحد.

المحقق جون: إني أرى أنك تعرف الكثير عن العائلة يا سيد كرس!

كرس: نعم سيدي؛ لأنني كرست معظم حياتي للعمل لعائلة كمبر.

المحقق جون: وكم من السنوات وأنت تعمل هنا؟

كرس: ست سنوات سيدي.

المحقق جون: أليس هذا كثير لشخص في عمرك؟

كرس: إنه السيد كمبر، ساعدني كثيرًا في حياتي يا سيدي، فمن الصعب الحصول على عمل في هذه الأيام.

المحقق جون: أجل، فمن الصعب الحصول على عمل هذه الأيام.

اتجه المحقق جون وفرانسيس إلى داخل المنزل، ذهب فرانسيس إلى غرفته، وذهب المحقق إلى الغرفة الرئيسة في المنزل، وجلس على الأريكة أمام المدفأة، كان المحقق يعاني بصداع برأسه، جاء الخادم كرس للمحقق لخدمته.

كرس: سيدي، هل تحتاج إلى شيء؟

المحقق جون: لا، شكرًا.. ولكن لديَّ صداع خفيف في رأسي، هل لديكم شاي اليانسون في المنزل؛ لأنَّه سوف يُساعدني بتخفيف صداع رأسي.

كرس: نعم لدينا يا سيدي، سوف أحضر لك.

المحقق جون: شكرًا لك.

ذهب كرس ليحضر الشاي للمحقق جون، نهضت كليسكو متجهةً إلى الغرفة الرئيسة، لاحظت بوجود المحقق، وجلست لتتحدث معه.

المحقق جون: مرحبًا آنستي.

كليسكو: مرحبًا سيدي، كيف كانت الرحلة لمقابلة الخادمة جوري؟

المحقق جون: كانت جيدة، وكيف كانت مسرحية السيدة ليسا؟

كليسكو: كانت ممتازة، كان أداؤها رائعًا، ولكن عند انتهاء المسرحية حدث خلاف مع السيد روبرتسون والسيدة ليسا.

المحقق جون: روبرتسون! وماذا كان يفعل هناك؟ من الغريب رأيتِه هناك.

كليسكو: نعم سيدي، إنني أيضًا تفاجأت برؤيته هناك.

المحقق جون: وهل تعلمين سبب الخلاف؟

كليسكو: لا يا سيدي، لم أستطع معرفة سبب الخلاف، فلم أستطع التركيز لكلامهما، فقد كانت ليسا تصرخ غاضبةً بصوت غليظ، وأيضًا كان هناك الكثير من أصوات خلف المسرح.

فجأةً لاحظ المحقق جون وكليسكو دخول السيد كمبر إلى الغرفة الرئيسة، لم يكن السيد كمبر بحالة جيدة، فقد كان العرق يتصبب بجبينه، من الواضح بأنه مرتعب من شيء.

المحقق جون: هل أنت بخير يا سيدي؟

سيد كمبر: آهٍ، نعم نعم أنا بخير، أستأذنكما سوف أذهب إلى المكتبة.

كليسكو: لا يبدو أنه بخير، إن وجهه شاحب.

المحقق جون: أجل، ربما حدث له شيء، يجب علينا ترك الأمر للوقت لمعرفة الشيء الذي يزعجه.

حضر الخادم كرس لإحضار الشاي للمحقق جون.

المحقق جون: شكرًا سيدي.

كليسكو تستأذن المحقق جون، وتذهب للتجول إلى حديقة المنزل.

كليسكو: من الغريب عدم حدوث شيء ونحن في منزل كمبر، لا بد أنه حذر بتصرفاته، وهو يعلم أننا في منزل السيد كمبر.

وعند تجول كليسكو بالحديقة لاحظت بوجود السيد لوس الصغير، لقد كان جالسًا يتأمل الطيور في الشجر.

كليسكو: مرحبًا سيدي لوس، ما الذي تفعله؟

لوس: مرحبًا آنستي، انظري إلى الطيور، ألوانها جميلة، أليس كذلك؟

كليسكو: نعم سيدي، إنها جميلة، وهل تحب الطيور؟

لوس: نعم آنستي، إن الطيور تجعلك تشعرين أنك حرة.

كليسكو: ألم تخرج إلى خارج المنزل، إنني أراك دائمًا في المنزل.

لوس: أبي لا يسمح لي بالذهاب إلى الخارج، فإنه يخاف أن يحدث إليَّ مكروه.

كليسكو: وهل تحب التواجد في المنزل؟

لوس: ليس كثيرًا، ولكن الخادمة جوري دائمًا ما تلعب معي، ولكنها ليست موجودة الآن، وأيضًا البستاني فيليكس عندما يأتي إلى منزلنا كان دائمًا ما يلعب معي عند انتهائه من البستنة، هل تعلمين أنَّه يعد أفضل فطيرة تفاح، هو دائمًا ما يُحضِر الفطيرة التفاح عندما يأتي، آنستي يجب أن تُجرِّبيها، إنها الأفضل.

يأتي الخادم كرس إليهما ويستأذن الآنسة كليسكو لأخذ لوس إلى الداخل، يأخذ الخادم كرس السيد الصغير إلى داخل المنزل لأنه يخاف على صحته.

جلست كليسكو لمراقبة الطيور؛ إذ إن ألوانها كانت جميلة، وأيضًا كان الجو جميلًا، إذ كانت السماء فيها بعض من الغيوم التي تغطيها، ووجود نسيم بارد في الهواء.

كليسكو: لقد نسيت أن أخبر المحقق جون عن اللوحة وزهرة البنفسج، ربما سوف تفيدانه في التحقيق، ولكن لماذا أصبحتُ أنسى كثيرًا هذه الأيام؟! وأيضًا أصبح عقلي شاردًا في الآونة الأخيرة.

لقد أخبرتك

الساعة التاسعة مساءً، جلس المحقق جون في غرفة الجلوس في الطابق الأول ينظر خارج النافذة، كان يفكر بالأحداث التي صادفته، وبكل التفاصيل التي سمعها، وكان يجمع الأحداث مع تفاصيل الرسالة، كان يتساءل؛ هل الرسالة هي رسالة لتهديد العائلة أم أنها رسالة للمزاح فقط؟! ولماذا طلب السيد كمبر إلينا المساعدة؟! ولماذا كانت الرسالة موجهة إليه؟! وما معنى الجملة التي في الرسالة؟!

"عندما تذهب تعال لرؤيتي كنور متكامل، أضئ حياتي بانعكاسك، وأنا سوف أحرص على أخذ أنفاسك الأخيرة".

لقد رأى المحقق جون السيد روبرتسون خارجًا من المنزل بسيارته الخاصة، لَم يُبد له اهتمامًا، ولكنه أدرك بأن القمر متكامل، وكان الضوء مشعًّا جدًّا، وشعر المحقق بشيء غريب

وتذكر الرسالة إذ إن العبارة: "عندما تذهب، تعال لرؤيتي كنور متكامل".

تساءل المحقق: هل هو يقصد من العبارة بضياء القمر؟! إذ إن القمر يكون مضيئًا عند أول أيام اكتماله!

فجأة تذكر أن المدينة محاطة بالمياه في كل جانب، ولا بد من وجود بحيرة تقع بالقرب من منزل كمبر، والعبارة (أضئ حياتي بانعكاسك، وأنا سوف أحرص على أخذ أنفاسك الأخيرة)، هل هو يقصد بانعكاس القمر في المياه؟! ولكنه لم يأخذ تفسيره على محمل الجد، ذهب إلى غرفته وغطى بنوم عميق.

في اليوم التالي، اتجه المحقق جون إلى الغرفة الرئيسة، كان السيد روبرتسون جالسًا، وكان وجهه شاحبًا وعلامات القلق واضحة على وجهه، اتجه المحقق جون إليه.

المحقق جون: كيف حالك سيدي؟

روبرتسون: نعم، إنني بخير.

استأذن روبرتسون المحقق للذهاب، شعر المحقق بشيء غريب؛ إذ إنه لم يكن بخير، ولكن بعد دقائق رجع روبرتسون إلى المحقق جون.

روبرتسون (كان العرق يغطي وجهه): سيدي، سيدي أريد أن أخبرك بشيء، ولكنني لا أعلم كيف...؟ كيف أخبرك؟

المحقق جون: سيدي، ارتَح قليلًا ولا تخف فإننا في خدمتك.

روبرتسون: أرتاح! لم أستطع الارتياح منذ ليلة أمس.

المحقق جون: هل تستطيع أن تخبرني بما يقلقك.

روبرتسون: حسنًا، لقد ذهبت... لقد ذهبت إلى مكتبي ليلة أمس.

المحقق جون: في الليل!

روبرتسون: نعم أعلم أن الوقت متأخر، ولكني ذهبت لأطلع على بيانات العمل، فقد اتصل إلي أحد من موظفِينا بوجود نقص في الأرباح.

المحقق جون: وما الذي أخافك؟

روبرتسون: حسنًا سيدي، لقد كنت في مكتبي ولقد وجدت على طاولة المكتب رسالة مكتوبة في خط صغير.

المحقق جون: رسالة!

روبرتسون: لم يكن ذلك الأمر فقط الذي يقلقني الآن، لعلمك لقد كنت أقرأ الرسالة، ولكن فجأةً ظهر صوت لشخص في خارج، فذهبت لأتفقد صوت، ولكن عند عودتي إلى المكتب لَم أجِد الرسالة.

المحقق جون: اختفت!

روبرتسون: نعم سيدي، لذلك شعرت بالخوف.

المحقق جون: وما الذي كان مكتوبًا في الرسالة.

روبرتسون: إنه.... إنه كان مكتوبًا: "إن وقتك قد حان، لا تخف! فإن اليوم قريب الذي لن ترى النور فيه".

المحقق جون: وهل كان هناك علامة لأي اسم أو حرف؟

روبرتسون: لقد كان مكتوبًا فيها حرف "F".

المحقق جون: هل أنت واثق من ذلك؟

روبرتسون: نعم سيدي.

المحقق جون: حسنًا سيدي، سوف أطلب منك أن تبقى في المنزل، ولا تخرج في هذه الأيام.

روبرتسون: ولكن أعمالي كيف أجاريه؟

المحقق جون: الآن.. إن حياتك أهم من أعمالك.

روبرتسون: حسنًا.

المحقق جون: وهل تسمح لي بسؤال؟ مَن الذي اتصل بك مِن الموظفين؟

روبرتسون: إنه الموظف إيريس، ولكن صوته كان مختلفًا لقد قال: "إنه كان مريضًا."

المحقق جون: وهل تستطيع إخباري بمعلومات عن مكان السيد إيريس أو رقم هاتفه؟

روبرتسون: سيدي إنني لا أعرف كثيرًا عن الموظف إيريس، ولكن تستطيع أن تسأل عنه بمكان عملي.

المحقق جون: حسنًا سيدي، أذهب لترتاح فإنك تحتاج إلى راحة.

حضر الجميع لتناول الطعام بغرفة الطعام؛ لقد جلس كل أفراد العائلة وكليسكو والمحقق جون، وأيضًا الشرطي فرانسيس لتناول الطعام، أحضر الخادم الطعام إلى المائدة، لقد كان الهدوء يعم المكان، استأذن كمبر للذهاب أولًا، لكن لا يزال هناك الكثير من الطعام في طبقه، لَم يأكل كثيرًا، لاحظ المحقق جون أنَّ وجه السيد كمبر كان شاحبًا ومصفرًّا، وبدت عليه علامات القلق والتوتر، إذ لم يكن كعادته، وعند انتهاء الجميع من تناول الطعام، ذهب الجميع إلى أعمالهم.

استأذن الشرطي فرانسيس للعودة إلى مكتبه بمركز الشرطة؛ لأن هناك أمرًا طارئًا قد حدث.

اتَّجهَ المحقق جون وكليسكو إلى الحديقة، وجلسا على الكرسي الخشبي.

المحقق جون: كليسكو، إن لدي عملًا لك.

كليسكو: إنني في خدمتك يا سيدي.

المحقق جون شرح لكليسكو الأحداث التي جرت لروبرتسون، وطلب منها أن تقوم بالمراقبة وحمايته، فوافقَت كليسكو بذلك.

كليسكو تراقب أزهار البنفسج التي في الحديقة وانتبَهَ إليها المحقق جون.

المحقق جون: هل تحبين أزهار البنفسج؟

كليسكو: إنها جميلة، ولكنَّها الزهرة الوحيدة التي حيرتني عند دخولي إلى منزل كمبر.

المحقق جون: وكيف ذلك؟

كليسكو: إن أزهار البنفسج تغطي المنزل بأكمله، ولكن أكثر شيء حيرني اللوحة التي رأيتُها في الطابق الأرضي في الردهة.

المحقق جون: لوحة!

كليسكو: أجل، اللوحة كانت لسيدة يافعة، جميلة الوجه، كانت حاملة أزهار البنفسج في يدها، وأيضًا كانت تجلس على كرسي يغطيه نقشات أزهار البنفسج، كانت زهرة البنفسج تعانقها في كل اتجاه باللوحة.

المحقق جون: وهل تعرَّفت على السيدة التي في اللوحة؟

كليسكو: لا يا سيدي، ولكن ملامح الفتاة في اللوح كان مألوفًا إلَيَّ، إذ إنني رأيت هذه الملامح، ولكنني لا أعلم أين رأيتها.

عند إنهاء كليسكو من التحدث مع المحقق جون اتجهت إلى مراقبة السيد روبرتسون، ولكنَّها بعد دقائق ذهبت لتأخذ قسطًا من الراحة لأنَّها أحسَّت بالإرهاق.

عمَّ الليل فذهبَت مرة أخرى لمراقبة روبرتسون، ولكنَّها في هذه المرة نقرت على الباب لترَ إن كان يريد شيئًا، ولكنه لَم يُجبها بشيء، بعد ذلك طرقَته بقوة ولَم يُجبها أحد أيضًا، فخافت كليسكو ودفعت الباب بقوة وانفتح الباب.

شعرت كليسكو برعب إذ إن السيد روبرتسون لَم يكن موجودًا في الغرفة، لقد بحثَت في أرجاء الغرفة، ولكن لا يوجد أثر له، لذلك اتجهت مسرعةً إلى المحقق جون، لتُخبره بعدم وجود السيد.

ذهب المحقق جون وكليسكو للسؤال عن السيد، ولكن لَم يكن أحد في المنزل، اتصل المحقق جون لمكان عمل روبرتسون ولكن لَم يُجبه أحد.

شعر المحقق بالخوف، وتذكر الرسالة التي تمَّ إرسالها لروبرتسون هل سوف..؟ هل تأخرتُ..؟

ولكن سرعان ما اتصل بالشرطة، وبعد دقائق جاءت الشرطة، كان رئيس الشرطة هو روبرت وهو يعرف المحقق جون إذ إنهما عملا في قضايا أخرى مع بعض، وبعد دقائق حضر السيد كمبر من خارج المنزل.

الشرطي روبرت لقد بدأ بالتحقق بصلب الموضوع، باختفاء السيد روبرتسون.

الشرطي روبرت: في أي وقت اختفى فيه روبرتسون؟

كليسكو: إنني لا أعلم بالضبط، ولكني ذهبت لتفقُّدِه في الساعة العاشرة مساءً سيدي.

الشرطي روبرت للمحقق جون: وكيف علمت أنه اختفى؟! ربما ذهب خارج المنزل لشيء آخر.

المحقق جون: لقد وصلت له رسالة تهديد في يوم الثلاثاء في الساعة الواحدة مساءً، ولكن قام أحد بإخفاء الرسالة، ولقد جاء بالرسالة: "إن وقتك قد حان، لا تخف فإن اليوم قريب الذي لن ترى النور فيه" "أف"، ولكن بعد فترة تذكر المحقق الرسالة الأولى، وربط الرسالة الثانية بالرسالة الأولى.

المحقق جون: سادتي، هل هناك بحيرة قريبة من المنزل؟

السيد كمبر: نعم، البحيرة خلف المنزل، إنها ليست ببعيدة عن منزلنا، إنها تشتهر بوضوح رؤية النجوم والسماء فيها بالتلسكوب.

لقد أخبرَنا ولكن لم يكن يبالي اهتمامًا باختفاء ابنه؛ إذ كان هادئ البال، ولَم يشعر بأيِّ خوف مِن ذلك.

المحقق جون للشرطي (أومون ديو): سيدي، لنسرع.. إنَّ الوقت سوف يُداهمنا.

تَوَجَّه الشرطي روبرت مع المحقق جون وكليسكو بسيارته إلى البحيرة ووصلوا إلى المكان، كان الظلام دامسًا إذ إنهم لَم يستطيعوا الرؤية بوضوح.

المحقق جون: أسرعوا للبحث بكلِّ الاتجاهات.

لَم يجد أثرًا للسيد روبرتسون، ولكن المحقق جون لاحظ وجود قارب بالضفة المجاورة للبحيرة، وطلب من الشرطي للبحث هناك، لحقت كليسكو بالشرطي، وسرعان ما وجدوا جثة معلقة في أسفل القارب.

الغريب بالأمر أن الجثة كانت تضيء بتوجهات خفيفة؛ لأنَّ الجثة كانت موضوعة بتجاه ضوء القمر، ومياه البحر كانت صافية.

سارع الشرطي وكليسكو بإخراج الجثة، شعرت كليسكو بالخوف عند سحب يد الجثة إذ كانت تأمل أنَّ الجثة لن تكون للسيد روبرتسون.

كليسكو: هل هو حقًّا جثة روبرتسون؟! ولكن لماذا هو؟! لماذا اختار القاتل قتله؟! هل كان هدفًا سهلًا؟!

صرح المحقق أنَّ الجثة للسيد روبرتسون، فتَّش الشرطي جثة روبرتسون ولَم يجد شيئًا سوى رسالة كانت في جيب روبرتسون، قرأ الشرطي العبارات التي كانت في الرسالة:

"أَلَم أقل لك إنني سوف آخذ أنفاسك الأخيرة؟ الآن تستطيع أن ترتاح، ولن أتركك وحدك تذهب، فلا تخف" "M".

تعجب المحقق من الرسالة؛ إذ إنَّ الحرف الأخير يتغير، فقال: ما الذي يخطط له؟! ما الذي يريده؟! يجب علينا أن نكون منتبهين، إنها لن تكون الجريمة الوحيدة التي سوف تحدث.

خافت كليسكو من كلام المحقق جون إذ إنه سوف تكون هناك جريمة أخرى إن لم يقوموا بحلِّ القضية.

وشعرت بتأنيب الضمير لأنها كان يجب عليها حمايته ومراقبته، وأحست أنها لم تقم بواجبها بأفضل وجه، إذ إنه لن تحدث الجريمة إذا قامت بمراقبته.

ولكن لماذا خرج روبرتسون إلى الخارج؟! لماذا خرج؟! ألم يخبره المحقق جون بالبقاء في المنزل أم كان هناك أمر جره إلى الخارج؟!

هدأ المحقق جون كليسكو؛ إذ شعر بخوفها؛ فإن علامات الخوف والهلع كانت ظاهرة على وجهها.

محقق جون: آنستي، إن الأمر ليس بيدك، وأعلم أنه يجب عليك مراقبته، ولكن الأمر حدث ولن نستطيع تغيُّرَه.

لَم تعلم كليسكو ما الذي يجب عليها عمله؟

المحقق جون: اذهبي وارتاحي يا آنستي، وسوف أكمل أنا العمل مع الشرطي روبرت.

ذهب المحقق جون للشرطي روبرت لتحدث عن موت روبرتسون.

المحقق جون أخرج الرسالتين ليقارن فيما بينهما، كانت الرسالتان متشابهتين بصياغة الكلام، ولكن كلا الخَطَّين كانا مختلفَين.

تعجَّب المحقق مِن ذلك، وأيضًا تساءل عن هدف تغير الحرف الأخير بالرسائل، ما سبب قيامه بهذا؟!

ذهبت كليسكو إلى غرفتها، والتعب يصاحب جسدها، وضعَت رأسها بالوسادة، ولكن الأفكار كانت تُداهمها والشعور بخيبة الأمل بما قامت به، ولكن تساءلت كليسكو سبب خروج السيد مِن غرفته إذ إنه كان خائفًا لخروجه من الغرفة، وعند معرفته أنه سوف يكون بحمايتي شعر بالراحة والأمان.

ولكن لماذا خرج؟ ما الدافع لخروجه؟ ونهضت كليسكو وخرجت من الغرفة مسرعة لغرفة السيد، ربَّما تحصل على الجواب الذي يُداهمها.

وصلت إلى الغرفة، كانت الغرفة مرتَّبة إذ إنَّ أحدًا قام بترتيبها، خرجَت كليسكو من الغرفة متجهةً إلى الخادم كرس، رأتِ الخادم كرس ينزل من الدرج فاستوقفَته.

كليسكو: سيدي، هل قمتَ بتنظيف غرفة السيد روبرتسون.

كرس: لَم أقُم بتنظيفها آنستي، إذ إنَّ الشرطة طلبت بعدم دخول غرفة.

كليسكو: وهل قام أحد بدخولها؟

كرس: لَم يدخل أحد الغرفة بعد خروجكم للبحث عن السيد.

كليسكو: حسنًا، شكرًا لكَ.

رجعَت كليسكو إلى غرفة السيد، وكانت تُحاول أن تتذَكَّر شكل الغرفة.

كليسكو: كيف كانت الغرفة.. هل كانت هكذا أم كان هنالك شيء مختلف فيها؟

وفجأة تذكرت أنَّ نوافذ الغرفة كانت مفتوحة إذ إن الضوء كان يدخل من نافذة الغرفة، ولكن النافذة الآن مغلقة، وأيضًا كان في الطاولة كأس وإبريق من الماء، ولكن لَم تجدهما أيضًا، كيف هذا؟ وتساءلت: "هل هي تتخَيَّل أم كانت الغرفة هكذا؟"

رجعَت كليسكو إلى غرفتها، وأخذَت كبسولة مِن المنوم، ربَّما تستطيع أن تنام جيدًا، نامت كليسكو والأفكار في رأسها كأنَّها أعاصير هائجة لا تتوَقَّف.

اتَّجَهَ المحقق جون في الصباح الباكر مرة أخرى إلى المكان الذي كانت فيه الضحية، آملًا أن يجد شيئًا، وعند وصوله

هناك، لاحظ باختلاف المكان؛ إذ إن المكان في الليل كان مخيفًا، وكان من الصعب رؤية، ولكن في الصباح كانت البحيرة صافية وجميلة، والشمس تعكس ضوءها في المياه، والأشجار الخضراء تغطِّي المكان.

وصل المحقق إلى المكان المطلوب، وكان يتفحَّص المكان بحرص شديد.

المحقق جون: لا بد أن يكون هناك شيء في المكان.

اتجه إلى أعلى التلة؛ إذ إنَّ البحيرة تجاورها تلة تستطيع بصعودها رؤية البحيرة بشكل واضح.

وعند رؤيته للمكان، تعجب المحقق برؤية سيارة السيد روبرتسون مغطاة بالأشجار مجاورة للبحيرة، ذهب لتفقد السيارة، عند رؤيته لداخل السيارة كان هناك بعض من آثار الدماء بمقاعد السيارة، ولقد انبعثت رائحة غريبة بالمكان، لم يحرك المحقق جون شيئًا آخر في السيارة سوى فتح صندوق السيارة الخلفية للتفقد إن كان هناك شيء ولكنه لم يجد شيئًا، وكان لديه بعض شكوك من وجود السيارة أمام البحيرة وأيضًا انبعاث رائحة غريبة بالمكان، لذلك سارع المحقق للاتصال بشرطة بذهابه لأقرب مكان الذي يوجد الهاتف به لإخباره

الشرطة عن السيارة ولتسريع عملية التفتيش، جاءت الشرطة إلى المكان لتفتيش السيارة.

المحقق جون للشرطي روبرت: إن هناك سببًا لوجود السيارة هنا، فإن القاتل لَم ينسَ أو يتغافل عنها، ألم تتساءل لماذا كانت السيارة واضحة جدًّا؟ إذ إنَّ أي أحد يستطيع أن يراها، ألم تقُم بتفتيش المكان؟

الشرطي: لقد طلبت من فريق البحث التفتيش.

نادى الشرطي روبرت المفتش توم.

الشرطي: سيد توم، هل قمت بتفتيش هذه المنطقة؟

الشرطي توم: نعم سيدي، لقد قمنا بتغطية كلِّ الأماكن عند تفتيشنا، ولكننا لَم نرَ هذه السيارة مِن قَبل.

تعجب المحقق جون والشرطي من ذلك.

الشرطي: هل بذلك تقصد أن السيارة تمَّ جلبها بعد التفتيش؟

الشرطي توم: نعم سيدي، إننا لو لاحظناها عند تفتيش المكان لأخبرناك عنها أو قمنا بالإبلاغ عنها.

قام فريق التفتيش بتحريك السيارة عند انتهائهم من التفتيش داخل السيارة.

قال أحد من فريق التفتيش صارخًا: سيدي، لقد وجدنا جثة ملقاة تحت السيارة.

الشرطي والمحقق: جثة!

المفتش: نعم، إنها لشخص ما.

أسرع الشرطي والمحقق لرؤية الجثة.

المحقق جون: إنني أعلم مَن يكون؟ لقد رأيته في منزل كمبر ولكن أين؟ (وسرعان ما تذكر المحقق)، إنَّه لحارس البوابة لمنزل العائلة ويُدعى لافند.

الشرطي: ولماذا قام القاتل بقتله؟

المحقق جون (يفكر بحيرة ويفحص الجثة): روبرت، الجثة لا تحمل أي رسالة، وعند رؤيتك للضحية ستلاحظ بوجود كدمات، وخدوش صغيرة على وجه ومرفق الضحية، لذلك يمكنك القول إن هناك شجار قد دار بين الضحية والقاتل، وأيضًا يمكنك القول عند رؤية الضحية إنَّ الضحية قد قُتلت مؤخرًا، وهذا يفسر علاقة الضحية بمقتل السيد روبرتسون، وبذلك تأتي التساؤلات كثيرة، ومنها أنه ربَّما هو من الأشخاص الذين يعلمون عن قاتل السيد روبرتسون، فلماذا يقتله القاتل دون سبب، أو ربما هو يعلم سبب خروج السيد من المنزل؟

طلب الشرطي من فريق التفتيش بتفتيش الجثة ربما يحصلون على أدلة، ولكن لم يجدوا أيَّ دليل يرثى للتحقيق.

المحقق جون: أستسمحك سيدي روبرت للانصراف.

انصرف المحقق جون، وبقِيَ الشرطي روبرت مع فريق التفتيش لتفتيش المكان بتمعن، ربَّما يحصلون على أدلة.

الوقت قليل

رجع المحقق جون إلى منزل كمبر، ولكنَّه لَم يُخبر أحدًا بموت حارس البوَّابة، واتجه مسرعًا إلى المكان الذي كان الحارس لافند يجلس فيه، ربَّما يحصل على شيء، ولكنَّه لَم يحصل على شيء؛ لذلك اتَّجَهَ إلى مسكن الحارس لافند.

كان المكان نظيفًا، بحث المحقق في كل مكان ولَم يجد شيئًا، ولكنه سرعان ما انتبه لطاولة الغرفة إذ إنها لَم تكن بمكانها بسبب وجود آثار بالسجادة التي كانت تحت الطاولة.

قام المحقق جون بتحريك الطاولة ثم قام بتحريك السجادة، ووجد هناك خزانةً صغيرةً بأرضية الغرفة.

فتح المحقق الخزانة وكانت ممتلئة بالأوراق، فقام المحقق بتفتيش الأوراق ليتحقق منها، ووجد أن هناك ورقةً مكتوبةً بيوم الأحد؛ إذ إنَّها كانت قبل يومَين تقريبًا من مقتل السيد روبرتسون.

تعجَّبَ المحقق من العبارات المكتوبة بالورقة؛ إذ إنَّ الحارس لافند كتب رسالة للسيد كمبر، وكان يتأسَّف منه لأنَّه كان يختلس المال منه، وأيضًا كتب شيئًا عن الخادم كرس إذ إنه كان غاضبًا من تصرفاته؛ لأنَّه كان يكُنُّ كُرهًا شديدًا للسيد كمبر، تعجب المحقق من الرسالة.

المحقق جون: كيف للخادم كرس أن يكره السيد كمبر؟! عند رؤيتي إليه لم أعهد أي كره له للسيد كمبر، ولكن كيف؟ ما الذي يجعل الخادم يكره السيد كمبر؟

أرجَع المحقق كل شيء إلى مكانه ووضع الرسالة في جيبه، ولكنه بلحظة سمع صوتًا قادمًا، فاختبأ مسرعًا خلف الأريكة.

دخل أحد الغرفة، إنه السيد جاك، ما الذي يفعله السيد جاك بغرفة الحارس؟!

جلس جاك بالأريكة المجاورة للمدفأة، وكانت عيناه تفيض دموعًا.

المحقق جون: هل هو يعلم بموت الحارس لافند؟

السيد جاك: ما الذي فعلتُه لتعامليني هكذا؟! هل أنا شخص سيئ لهذه الدرجة؟! إنها لَم تحبَّني قط، لقد كانت نجمةً تضيء سمائي ولكنها اختفتِ الآن.

المحقق جون (يتساءل في نفسه عن الفتاة التي رفضت السيد جاك).

وبدأ السيد جاك يهمهم بِاسْم جوري.

المحقق جون: جوري! هل كان معجبًا بالخادمة جوري؟ لَم تخبرني جوري عن السيد جاك.

استلقى جاك بالأريكة، وانتهز المحقق الفرصة للخروج من المكان.

رجع المحقق إلى منزل كمبر، واتجه إلى غرفته والأفكار تجاريه في كل مكان.

مَن هو المتهم؟! هل هو الخادم كرس أم السيد جاك؟! وما الذي كان يفعله السيد جاك بمسكن الحارس لافند؟!

جاءت كليسكو للمحقق جون، سألَت عن آخر الأخبار، فأخبرها المحقق بحصولهم على سيارة روبرتسون، وجثة الحارس لافند.

تفاجأت كليسكو بموت الحارس.

كليسكو: الحارس.. ولماذا قتل لافند؟! ما الدافع لقَتلِه؟!

المحقق جون: إنني لا أعلم حتى الآن، ما الدافع لقتل الحارس؟!

كليسكو: سيدي لديَّ شيء لأخبرك، إنني واثقة أنَّ غرفة السيد روبرتسون، لقد قام أحد بتنظيفها وإخفاء الأدلة.

المحقق جون: وكيف ذلك؟

كليسكو: إنني أتذكر عن بعض تفاصيل الغرفة عند قدومي للتفقد عن السيد روبرتسون، ولكن عندما رجعت إلى الغرفة للبحث عن دليل، لقد تعجبت من التغيرات في الغرفة، إذ إن أحدًا قام بتغير وترتيب المكان، إن المكان كان مرتَّبًا جدًّا.

تعجب المحقق إذ إن مسكن الحارس لافند أيضًا كان مرتبًا ومنظفًا، ولكن المحقق فكر ربما كان الحارس مهتمًّا بالترتيب والتنظيف، ولكن تغيرت أفكاره عندما أخبرت كليسكو المحقق عن النظافة والترتيب بغرفة السيد روبرتسون، هل هما مرتبطان؟

في اليوم التالي، جاءت نتائج فحص جثة السيد روبرتسون، ونتائج فحص السيارة السيد، لقد حضر الشرطي روبرت إلى منزل كمبر للقاء المحقق جون.

عند قدوم الشرطي روبرت وجد كليسكو أمام الباب الرئيس للمنزل، ألقى التحية إليها وسأل عن وجود المحقق في المنزل، أخبرته كليسكو بوجود المحقق واتَّجها للقائه، كان المحقق جالسًا في حديقة المنزل، اتجه الشرطي وكليسكو للقائه.

كليسكو: سيدي جون، إن الشرطي روبرت يريد لقاءك.

الشرطي: مرحبًا.

المحقق: مرحبًا روبرت، كيف حالك؟

الشرطي: إنني بخير، جون إننا حصلنا على نتائج فحص جثة السيد روبرتسون، ونتائج فحص السيارة.

المحقق: وما نتائج فحص جثة السيد روبرتسون.

الشرطي: لقد ظهر في التقارير أن جثة الضحية باتت في الماء ثلاث ساعات تقريبًا، إذ إن الجثة كانت موجودةً بتمام الساعة الثامنة مساءً.

وعند تشريح جثة من قِبل الطبيب الشرعي لقد وجدت آثار كدمات برأس الضحية، وآثارًا بمعصم الضحية من الحبل الذي كان مربوطًا بالضحية، ولقد تبيَّنَ أنَّ الضحية تناولت مادة فلونيترازيبام قبل موته.

المحقق: فلونيترازيبام! إنَّها مادة مخدرة للجسم، إذ يتضح أن الضحية كانت مخدرة قبل وضعها أسفل القارب.

كليسكو: سيدي إنَّ تقارير الضحية يجب أن يخرجه سريعًا، لماذا تأخرتم للحصول على النتائج؟

الشرطي: لقد كان تشخيص الجثة في نفس يوم الجريمة، أي؛ عندما حصلنا على الجثة قمنا بأخذ الجثة لفحصها، ولكن كان هناك تأخير لمعرفة النتائج الصحيحة، ومعرفة المادة العقار التي أخذتها الضحية.

المحقق جون: وماذا عن سيارة الضحية؟

الشرطي: لَم نحصل على الكثير، ولكن وجدنا آثار دماء بالسيارة بالكرسي الأمامي والخلفي، وعند فحص الدماء للكرسي الأمامي اتضح أنَّها تعود لحارس البوابة لافند.

المحقق جون: وماذا عن جثة حارس البوابة لافند؟

الشرطي: لقد فحص الطبيب الشرعي الجثة ولكن النتائج والتقارير لَم تصلنا بعد يا جون.

المحقق جون: الآن يجب أن نعرف سبب تخدير القاتل للضحية.

استأذن الشرطي من المحقق جون وكليسكو للذهاب، جلست كليسكو مع المحقق جون.

كليسكو: وهل هذه المادة قاتلة يا سيدي؟

المحقق: إنها ليست مادة قاتلة، ولكن عند تناول الكثير منها فإنها تصبح مادة قاتلة.

كليسكو: إذًا المادة يُمكن أن تصبح قاتلة، (تتذكر فجأةً) سيدي أريد أن أخبرَ عن بستاني العائلة، هو نادرًا ما يأتي لمنزل العائلة، ولكنّي أريد أن أخبرَك عنه، رَبَّما يُقدم لنا بعض المعلومات المفيدة.

المحقق جون: بستانيُّ العائلة؟!

كليسكو: لقد أخبَرَني السيد الصغير أنَّه للعائلة بستانيٌّ يعتني بحديقة المنزل.

المحقق جون: وهل أخبرَكِ باسمه.

كليسكو: أجل، لقد أخبرني أنه يُدعى فيليكس.

المحقق جون: يجب علينا أيضًا التحقق منه، ربما نحصل على معلومات تفيدنا.

كليسكو: سيدي، وما الذي سوف نفعله الآن؟

المحقق جون (رأى كليسكو بنظرة واثقة): الآن، سوف نؤدي واجبنا بإمساك القاتل، فيجب علينا إمساك هذا الثعلب الذي بدأ خروجه من جحره.

في اليوم التالي، ذهب المحقق لفحص المنزل ابتداءً من الطابق الأعلى، واتجه أولًا إلى غرفة السيد روبرتسون، وفحص الغرفة، ولكن لَم يجد شيئًا.

ثُمَّ اتَّجَهَ إلى شرفة الغرفة، كانت مليئة بالأزهار المختلفة، ومنها الياسمين والجوري، ولكن تعجب المحقق بوجود بعض الأزهار والأوراق المقطعة بتناسق، اتَّجَهَ أمامها لتحقق منها، إذ تبيَّنَ أنَّها كانت مقطعة في فترة قريبة.

وأيضًا وجد بعض آثار أُصُص الزهور المتحركة من مكانها، وبعض الأُصُص التي تغيَّرت أماكنها لأماكن أُصُص أخرى.

تعجب المحقق من ذلك، فقام المحقق بتغير الأماكن، بوضعها بأماكنها الصحيحة، وأذهلته النتيجة إذ إنَّ الأزهار والأوراق المقطوعة كانت في اتجاه واحد، فبات المحقق يفحص بتَمَعُّن بالأوراق وتربة الزهور، فوجد آثار دماء بورقة الجوري التي كانت بعض أوراقها وزهورها مقطوعة، إذ إنَّ القاتل تغافل عن هذه الورقة.

فرح المحقق جون عند وجود بعض الأدلَّة في غرفة الضحية، إذ يتضح أنَّ القاتل قام بتحريك الضحية من مسرحة الجريمة إلى البحيرة، وهذا يساعد بربط جريمة موت السيد روبرتسون وحارس البوابة لافند.

لقد أخذ المحقق منديله لقطع الورقة التي كانت تحتوي على الدماء واتجه إلى مركز الشرطة.

المحقق جون: سيدي، لقد وجدت هذه الورقة التي فيها بعض الدماء، هل تستطيع أن تفحصها لمعرفة صاحب الدماء التي فيها؟

الشرطي: حسنًا جون، سوف نقوم بذلك.

المحقق جون: وهل تستطيع أيضًا أن تقوم بفحص الدماء الموجودة بالسيارة بتمعن.

الشرطي (متعجبًا): لقد قُمنا بفحصها وهي تعود لحارس البوابة لافند.

المحقق جون: أعلم بذلك ولكن هل تستطيع أن تقوم بفحص شامل مرَّة أخرى؟

الشرطي: حسنًا، سوف نقوم بذلك.

المحقق جون: سيدي، أيضًا أريد أن أرى جثة الضحية، هل تسمح لي برؤيتها؟

الشرطي: حسنًا جون، ولكن هل تستطيع الانتظار قليلًا.

اتجه الشرطي مع المحقق جون لرؤية الجثة، وضعت جثة السيد روبرتسون أمام المحقق والشرطي.

تمعن المحقق جون بالجثة جيدًا، وعندما رأى آثار ضربات في رأس الضحية، وجد أنَّ الضربات غير منسَّقة، فسأل الطبيب الشرعي عن الضَّربات وعن قوَّتها.

الطبيب: سيدي، إن الضربات لَم تكن بأداء حادٍّ.

المحقق جون: وهل تستطيع إخباري هل كانت الضربات مُميتة؟

الطبيب: إنَّ الضربات ليست مميتة سيدي، ولكن يمكنك القول إن الضربات تستطيع إغماء شخص.

خرج المحقق جون والشرطي إلى الخارج، وطلب المحقق جون من الشرطي بأن يبحث له بجميع أماكن بيع أغراض الزراعيَّة، وبالبحث عن أي شخص اشترى الأصيص باللون الأسود بيوم وفاة السيد روبرتسون.

تعجب الشرطي من ذلك.

الشرطي: وما الذي تريده من ذلك؟

المحقق: إنه سوف يساعدنا لمعرفة القاتل؟

الشرطي: ولكن هناك العديد من الأشخاص الذين يقومون بشراء الأصيص يا جون!

المحقق: إنني أعلم بذلك، ولكن ليس هنالك الكثير من الأشخاص الذين يبيعون الأصيص بذلك اللون.

أنهى الشرطي الحديث مع المحقِّق جون، واتَّجَه لأداء عمله.

ذهب المحقق جون لزيارة بستاني المنزل فيليكس، اتضح أنه يعيش أمام منزل كمبر، حيث كانت المسافة بين منزل كمبر ومنزل فيليكس كيلومترًا واحدًا فقط، كان منزل البستاني فيليكس مبنيًا من خشب الصنوبر، ويحيطه أشجار طويلة، يشبه دخولك غابة صغيرة، كانت تحتوي على أشجار ونباتات مختلفة.

طرق المحقق جون الباب، لكن لم يجب أحد، وبعد ذلك سمع صوتًا خلف المنزل، فذهب خلف المنزل للتحقق من

الصوت، ورأى البستاني فيليكس يقطع الخشب بالفأس، وعند رؤيته له تفاجأ المحقق جون من السيد فيليكس، حيث كان رجلًا عجوزًا بلحية بيضاء، ضخم البنية، متوسط القامة، وكان ذو بشرة بيضاء وفيها بعض الحمر.

المحقق جون: سيدي، آسف على تطفلي.

البستاني فيليكس (ينتبه للمحقق جون): لا عليك، (وهو يمسح وجهه من العرق)، هناك العديد من الأشخاص الذين تطفلوا من قبلك.

المحقق جون (يتقدم المحقق جون إليه): آسف، يجب عليَّ إلقاء التحية أولًا.

يسلم المحقق جون بالبستاني فيليكس، ثم يكمل فيليكس قطع الخشب، ينظر المحقق جون بالأرجاء.

المحقق جون: هل تسكن وحيدًا سيدي.

البستاني فيليكس (مع حاجب غاضب): وهل هذا يعنيك؟

المحقق جون: لا.. لا، آسف، لَم أقصد ذلك، لكنني رأيت الأرجوحة المعلقة بشجرة وتوقعت أن شخص ما يسكن معك، ربَّما طفل.

البستاني فيليكس (يجلس على الكرسي الخشبي وشرب كوبًا من الماء ثم يخبر المحقق): إنَّها لحفيدتي.

المحقق جون (يجلس على الكرسي): إنّها جميل، هل صنعتَها بنفسك.

البستاني فيليكس: أجل.

المحقق جون: ولكن لَم تستخدم منذ فترة.

البستاني فيليكس: وكيف علمتَ بذلك؟

المحقق جون: إنَّ من السهل ملاحظة الأمر، إذ إنَّها مغطاة بالغبار، والحديد متصدع مِن المطر إذ إنَّه لَم يقُم أحد بتغيُّره.

البستاني فيليكس: أجل... لقد كانت لابنتي لارا ابنة تُدعى إيلينا، ولكنها ماتت قبل سنتين، لقد ماتت في السن الصغير كانت بالسادسة من عمرها، (وهو يتذكر حفيدته إيلينا)، لقد كانت جميل الوجه كأنها زهرة زنبق الوادي، هل تعلم أنها كانت دائمًا ما تأتي لزيارتي بالمنزل؟!

المحقق جون: آسف على خسارتك سيدي، وكيف حال ابنتك، إذ إن من الصعب تحملها لفقدان ابنتها.

البستاني فيليكس: إنها.. إنها.. لا أستطيع أن أصف لك حالها إذ عند رؤيتك لها ستجدها كأنها تخطت الأمر، ولكن بنظر إليها تستطيع معرفة ما الذي يُخفيه قلبها، إنَّ موت حفيدتي لأَمر صعب تخطيه، (ينظر إلى المحقق)، إنني أتأسف على أسلوبي

الفظ منذ البداية، ولكنني لَم أقابل أشخاصًا لمُدَّةٍ طويلة، إذ أصبح صعبًا عليَّ التعامل مع الأشخاص والتكلم معهم.

المحقق جون: لا عليك، لم تكن فظًّا أبدًا، وأعلم ما هو شعورك بأن تكون بعيدًا عن الناس.

فيليكس: سيدي، هل أنت حقًّا المحقق الفرنسي جون المشهور؟

المحقق جون: أجل سيدي، إذًا إنك تعلم من أكون؟!

فيليكس: حسنًا، إنني لا أعرف الكثير عنك، ولكنني أعرف القضايا التي أغلقتها وأيضًا عن شخصيتك، في الحقيقة إن ابنتي من أشد المعجبين بك، هي دائمًا ما تشتري الجرائد لقراءتها عنك.

المحقق جون: إنني أرى ذلك.

البستاني فيليكس: سيدي (يذكر).. إنني أتأسف.. (متردد بالقول)، إنني أتأسف لما حصل لك قبل عشر سنوات، إذ أتذكر أنه قبل عشر سنوات لقد أخبرتني ابنتي بأمر المأساة التي حلت عليك.

المحقق جون: لا عليك سيدي، يجب عليك التخطي عن بعض الأمور مَهما كانت صعبة.

البستاني فيليكس: لكن سيدي، هل يمكنك حقًا تخطي أمر موت جميع أفراد عائلة بمنزل محترق؟

المحقق جون: عزيزي فيليكس، يجب على المرء أن يتعلم كيف أن يتخطى، لا ينبغي للمرء أن يعيش مثل جمرة مشتعلة، فكلما زاد الخشب ازداد النار، وإذا أطفأ يصبح رمادًا، بذلك يشعر المرء في هذه الحالة بخسارة نفسه وحياته، عندما تنغمس بالألم تشعر أن الحياة ليس لديها طعم، ثم تسأل نفسك هل أنا أعيش أم أنا هكذا أذهب بخط الحياة؟! وعندما تعلم أنه من خلال البقاء في نفس المكان والتعايش مع نفس الشعور والألم فلن يغير شيئًا، لن يغير ذلك الشعور لوحة حياتك بألوان فاتحة، بل ستظل بألوانها؛ الأسود كالفحم... ستفهم في تلك اللحظة أن الله لن يهدينا الحياة لنحزن بها، وتحمل آلام القديمة في داخلنا، فلماذا نحزن على شيء مضى وذهب؟! لماذا نغمس أنفسنا في التراب قبل أن يأتي أجلنا؟! لماذا نحمل الآلام كجمرة مشتعلة في قلوبنا، أننا يجب علينا أن نعلم أن جميعنا سوف نذهب لا محالة من الحياة، وأيضًا لماذا الحزن، إذ إنه سوف تأتي اللحظة التي سوف نجتمع بها مع أحبابنا.

فيليكس: إنك محق، أتأسف حقًّا سيدي، لم أقصد بتذكيرك بماضيك.

المحقق جون: (Non, mon ami) فيليكس، يجب أن تعلم أنه لا يمكنك الهروب من الماضي، إمَّا أن تتعلم من الماضي وتجعله درسًا لك، أو أنك تنغمس فيه وتتناول ألمه يوميًا كالدواء.

فيليكس: هذا صحيح، أ.. آسف سيدي لكلامي المفرط، هل أستطيع معرفة سبب زيارتك؟

المحقق جون: لقد جئت من أجل قضية موت السيد روبرتسون.

البستاني فيليكس: آهِ.. أجل، السيد روبرتسون، لقد حزنت لما حل لهذا الشاب، إنه لا يزال في ريعان شبابه، إنه من المؤسف بأن يقتل بتلك الطريقة، وما الذي تريد معرفته؟

المحقق جون: أريد أن أعلم عن أي شيء غريب بالمنزل كمبر، إذ إنني أعلم أنك تقوم بزيارة المنزل للاعتناء بالحديقة.

البستاني فيليكس: سيدي الأشياء الغريبة(يفكر)، إنني لا أستطيع أن أخبرك بشيء، إذ إنه من نادر قدومي لمنزل كمبر.

المحقق جون: تذكر عن أي شيء سيدي.. عن أي شيء صغير يثير حيرتك.

البستاني فيليكس (يفكر): حسنًا، هنالك شيء لكن اتضح أنه لم يكن مهم جدًا.

المحقق جون: وما هو؟

البستاني فيليكس: إنه محمية الخضروات خلف المنزل، إنها دائمًا ما كانت تحيرني.

المحقق جون: وكيف ذلك؟

البستاني فيليكس: كما تعلم، أنا بستاني المنزل وأعتني دائمًا بأشجار ونباتات المنزل، لكن في حياتي لَم أطأ قدمًا بمحمية الخضروات خلف المنزل وأردت دائمًا الدخول إليها، وفي يوم من الأيام اجتاحني الفضول لدخولها لكنني لَم أستطع بسبب أن الآنسة جوري استوقفتني وأخبرتني أن السيد جورج أخبر الجميع بعدم دخول أحد المحمية، واتضح أن السيد جورج هو المسؤول ببناء تلك المحمية، لكنه تركها عندما لَم يرَ نتائج جيدًا للزراعة فيها، حيث إن النباتات والخضروات التي فيها تموت ولا تتكاثر، (يفكر) هذا الشيء فقط الذي أستطيع إخبارك عنه.

المحقق جون: شكرًا لك سيدي، وآسف على الإزعاج.

البستاني فيليكس: إنني يجب عليَّ أن أتأسَّف إليك، إذ يجب على سؤالك إذ كنت تحتاج إلى شرب شاي، إنني أعلم أنك تحب أن تشرب الشاي كثيرًا، وخاصةً الشاي الذي يكون سعره غالٍ، ولكني لا أستطيع أن أتكلف به، آسف لذلك، هل أستطيع أن أقدم لك شايًا آخرَ؟

المحقق جون: لا، هذا غير صحيح، هذا كلام الصحف التي تنشر هراء من أجل الحصول على الرباح، إنني أشرب كل أنواع الشاي.. عزيزي فيليكس، تستطيع أن تقدم إلى أي نوع من الشاي.. ولا تقلق.

ينهض المحقق جون من الكرسي ثم يتجه لشجرة الزيتون، يستأذن المحقق من فيليكس إذ كان يستطيع أن يقطف بعضًا من أوراق الزيتون، يسمح له فيليكس بذلك، يقطف المحقق أوراق ثم يهديها له، ثم يطلب منه أن يغليَها بالماء، ذهب فيليكس لفعل ذلك.

جلس المحقق جون وبات ينظف ساعته حتى ينتهي فيليكس من تحضير شاي أوراق الزيتون، ثم يحضر فيليكس الشاي المبخر ليشربه المحقق، عند انتهاء المحقق من شرب الشاي، ينهض وشكر البستاني فيليكس.

رجع المحقق جون إلى منزل كمبر، عند دخوله للمنزل رأى كليسكو بالغرفة الرئيسة، جلس أمامها.

المحقق جون: مرحبًا آنستي، كيف حالك؟

كليسكو: مرحبًا، إنني بخير سيدي، إن هناك سؤالًا يداهم عقلي، لماذا لم تجمعوا العائلة حتى الآن لاستجوابهم؟

المحقق جون: سوف نقوم بذلك حالما نحصل على شيء يقربنا إلى دليل، وكما تعلمين لَم يكن هنالك العديد من الأشخاص بالمنزل يوم مقتل السيد روبرتسون.

كليسكو: هذا صحيح، ولكن هل نستطيع الحصول على دليل سيدي؟

المحقق جون: إننا قريبون بذلك آنستي، هل تستطيعين أن تخبريني عن أي شيء غريب في المنزل.

كليسكو: إن هنالك العديد من الأشياء الغريبة في المنزل يا سيدي، مثل زهرة البنفسج التي أخبرتك بها، وأيضًا اللوحة للسيدة في الجدار، وأيضًا سيدي إن هنالك شيئًا أريد أن أخبرك به، ولكنني أعلم أنه لن يساعدك بشيء.

المحقق جون: وما ذلك؟

كليسكو: حسنًا، في الآونة الأخيرة لقد زادت الأحلام التي تُراودني، ولكن الشيء الغريب في الأمر هو أن لكل حلم هناك نفس الأصوات لصرخات الأطفال والنساء، ولا أعلم لماذا أسمعها دائمًا!

المحقق جون: ومتى بدأت تسمعين هذه الأصوات؟

كليسكو: لقد بدأت هذه الأصوات بظهور باليوم الثاني لحضورنا لمنزل كمبر.

المحقق جون: لقد أخبرتنا الآنسة ماري أيضًا أنها سمعت أصوات صرخات أطفال ونساء.

كليسكو: نعم سيدي، لقد تذكرت هذا الشيء، وأيضًا سيدي لقد تزايد آلام رأسي في الآونة الأخيرة، وأصبح من الصعب عليه تذكر بعض التفاصيل، هل هذا طبيعي؟

محقق جون (وهو يفكر ثم ينظر إلى كليسكو بتمعن): آنستي، هل أخذتِ بعض الأدوية أو مسكِّنات؟

كليسكو: نعم سيدي، في اليوم الأول الذي فيه كنَّا فيه بمنزل كمبر، لقد طلبتُ من الخادم كرس أن يحضر إليَّ بعضًا من المسكنات.

المحقق جون: وهل تستطيعين أن تحضريها؟

كليسكو: حسنًا.

ذهبَت كليسكو لإحضار علبة المسكن للمحقق.

كليسكو: سيدي هذه هي علبة المسكن.

المحقق جون أخذ علبة المسكن من كليسكو وفحص العبارات التي كانت مكتوبة فيه، إذ إنَّه المسكن احتوى على مادة الميلاتونين وهي مادة تساعد للنوم، ولكن استأذن المحقق من كليسكو لأخذ العلب لفحصها بالشرطة.

وطلب المحقق جون من كليسكو بتحقق من محمية الخضروات التي خلف المنزل، وانصرف المحقق لإعطاء علبة المسكن للشرطة لفحص المادة.

جاء دورك

توجهت كليسكو إلى محمية، كانت المحمية كبيت خشبي صغير الحجم، وكان خشب المحمية باهت اللون من الاحتراق، ولكن كان من الصعب رؤية شيء ما في داخل المحمية، إذ إن النوافذ كانت أعلى المحمية، ويجب على الشخص التسلق لرؤية المحمية من الداخل، وأيضًا لم يكن هناك أي فتحات لرؤية داخل المحمية.

اتجهت كليسكو إلى باب المحمية، وفتحَته بتمعُّن، كان الباب موصدًا بقوة، عندما فتحت الباب تعجبت مِن النباتات والأزهار التي كانت بالمحمية، تساءلت كليسكو كيف لمحمية تمت حرقها بمدة زمنية ليست ببعيدة أن يكون فيها هذه الأزهار والنباتات الحية!

سارعت كليسكو للحاق بالمحقق جون إلى مركز الشرطة، وعند وصولها هناك ذهبت مسرعة للقاء المحقق.

كليسكو: سيدي المحقق، لقد ذهبت لرؤية المحمية التي أخبرتني بها، سيدي إن المحمية لم تكن محروقةً من الداخل، لقد كانت فيها العديد من النباتات والزهور المختلفة.

المحقق جون (متعجبًا): صديقي الشرطي، لقد وصلنا إلى سلاح الجريمة.

الشرطي: وكيف ذلك؟

المحقق جون: سوف تحصل على الجواب بالمحمية.

ذهب المحقق جون مع الشرطي وكليسكو إلى المحمية، فحص المحقق جون والشرطي المحمية، لقد تفاجأ المحقق بوجود الفطر السحري، إكستاسي، آياهوسك، وهي معروفة بالنباتات التي تؤثر على الدماغ، والجهاز التنفسي بشدة، ويضر بهما بشكل كبير، ويسبب الهلوسة البصرية والسمعية عند الأشخاص، لقد تعجب المحقق من هذه النباتات التي كانت بالمحمية.

وكان بالمحمية صندوق حديدي متصدع بجميع أطرافه، فتح المحقق الصندوق، وعند فتحه وجد بعض الأُصُص المكسورة، أخرج جميع الأجزاء المكسورة، ووجد دماءً مغطًّى بأجزاء الأُصُص سوداء اللون.

المحقق جون (اهبياه! عجبًا بالفرنسية): لقد حصلنا على بعض الأدلة لمقتل السيد روبرتسون.

أخذ الشرطي الأدلة للفحص، طلب المحقق جون من الشرطي الذهاب إلى منزل الخادمة جوري، وفحص أدوية السيدة ميلا.

أسرع الشرطي لفعل ذلك، وطلب من فريق التحقيق بالتحري عن الأدوية، وتطابقها بالنباتات الموجودة في المحمية.

ذهب المحقق جون إلى المنزل لبدء التحري عن الأشخاص في المنزل بدءًا من السيد كمبر، إذ إنه كان موجودًا عند البحث عن السيد روبرتسون.

المحقق جون: سيدي، هل تستطيع أن تخبرني أين كنت عند الساعة الثامنة حتى الساعة العاشرة؟

كمبر: لقد ذهبت لرؤية صديق قديم لي.

المحقق جون: وهل تستطيع أن تخبرني عنه وأين كنتما؟

كمبر: إنه السيد هوربيرد، ولقد كنا بمطعم أبلو.

المحقق جون: ومتى رجعتَ إلى المنزل؟

كمبر: هل تتَّهمُني بقتل ابني؟!

المحقق جون: لا يا سيدي، ولكن يجب علينا أن نسأل الجميع.

كمبر: لا تهدر الوقت بالاستجوابي، وقم باستجواب جاك إذ إنَّه لَم يكن يحب ابني.

المحقق جون: جاك، وكيف ذلك؟ إنَّه من النادر رأيتُ جاك في المنزل.

كمبر: وهل سبب عدم بقائه في المنزل يُبعده بأن يكون من الأشخاص المتهمين.

المحقق جون: لا يا سيدي، إننا سوف نقوم بالتحري عن السيد جاك لاحقًا.

انتهى المحقق من استجواب كمبر، إذ إنه لَم يحصل على شيء باستجوابه، ثم بدأ باستجواب السيد جورج وزوجته ليسا.

المحقق جون: سيدي جورج، أين كنت يوم جريمة السيد روبرتسون؟

جورج: إني كنت مع زوجتي، لقد ذهبنا إلى حضور بعض العروض في بريطانيا، كانت العروض جميلة، لقد بقينا هناك بعض الأسابيع.

ليسا: نعم سيدي، لقد كنت مع زوجي ببريطانيا.

المحقق جون: سيدي جورج، هل تسمح لي باستجواب السيدة ليسا بانفراد.

جورج (متعجبًا): ولماذا؟ لقد قلت لك سيدي لقد كنا معًا.

ليسا: لا تقلق جورج، إنه يقوم بعمله فقط.

خرج جورج من الغرفة، سأل المحقق جون بعض الأسئلة للسيدة ليسا.

المحقق جون: سيدتي، إنني أعلم أن هنالك بعض الاضطرابات التي كانت بينك وبين السيد روبرتسون.

ليسا: ولكنني لن أتجرأ لقتله، فإنني لا أستطيع عمل ذلك.

المحقق جون: سيدتي، هل تعلمين شيئًا عن زهرة البنفسج؟

ليسا: إنني لا أعرف الكثير عنها، ولكن المنزل يغطيه الكثير من هذه الأزهار،(تفكر) في الحقيقة سيدي، إن أزهار البنفسج لم تكن موجودةً في حديقة المنزل، ولكن عند تولي السيد كمبر للمنزل أصبحت هذه الأزهار تغطي المكان، ولا أعلم سبب وَلَعِه لهذه الأزهار.

المحقق جون: وهل تعرفين شخصًا يحمل اسم كريستال؟

ليسا: لا أعلم سيدي، إنه لاسم جميل، ولكنني لا أعرف أي شخص يحمل هذا الاسم.

انتهى المحقق جون من استجواب الآنسة ليسا، خرجت ليسا من الغرفة، ودخل السيد جاك إلى الغرفة للاستجواب.

لقد كان وجه السيد جاك شاحبًا، وكانت عيناه حمراوين.

المحقق جون: سيدي، كيف حالكَ؟

جاك: إنني بخير.

المحقق جون: سيدي، هل تستطيع أن تخبرني أين كنت وقت جريمة السيد روبرتسون؟

جاك: لقد كنتُ أقوم ببعض الأعمال التجارية في المناطق المجاورة لهذه المنطقة.

المحقق جون: وهل كان معك أحد؟

جاك: لم يكن معي أحد، إنني دائمًا أقوم بالأعمال التجارية وحدي.

المحقق جون: سيدي، هل تستطيع أن تخبرني عن الخادمة جوري؟

جاك: جوري!! ما بها؟

المحقق جون: إنني بدراية عن علاقتك للآنسة جوري.

جاك: وما الذي أستطيع إخبارك؟ إننا لسنا بوفاق دائمًا.

المحقق جون: هل هناك خلاف بينكما؟

جاك: نعم، إننا كنا بتوافق، وذهبنا برحلة لمدينة بامبرج، ولكن عندما مرضت والدتها، طلبت من السيد كمبر الذهاب إلى منزلها لاعتنائها بوالدتها ميلا، ولكن عند زيارتي الأخيرة لها لقد كانت غاضبة مني وطلبت إنهاء علاقتنا.

المحقق جون: وما سبب غضبها؟

جاك: لا أعلم، لأنها لَم تترك المجال لمعرفة السبب، لقد عدت إليها لمعرفة السبب، ولكنها لَم تخبرني بسبب غضبها وأغلقت الباب على وجهي.

هل تعلم يا سيدي، كم كان من الصعب تركها تحبني! إنني فعلت كل شيء وهي لَم تبالِ إلي بأي اهتمام، ولكن عند مرض والدتها لَم يقُم أحد بمساعدتها، ولَم يكن لديها المال الكافي لعلاج والدتها لذلك، قامَت بطلب المال مني وهي خائفة من رفضي إليها. ولكنَّني تكلفت بمصاريف المستشفى كلها، وأخبرتني أنَّها لَم تتوَقَّع مساعدتي لها.

لقد كانت تحسبني كآل كمبر بتصرفاتي، ولكن عند مساعدتي لها تغيَّرَت نظرتها اتجاهي، ولقد كنَّا بعلاقة لمدة ثلاث سنوات.

المحقق جون: إنه لجميل أن يحبك الشخص الذي أحببته.

جاك: هذا صحيح، ولكن ذلك أيضًا يجعل العلاقة صعبةً يا سيدي، لأنني لا أحب أن أراها مع أيّ شخص غيري.

المحقق جون: لماذا... هل رأيتَها مع شخص آخر؟

جاك: عندما كانت غاضبة مني بالفترات الأخيرة، وطلبت عدم قدومي لرؤيتها، كنت أراقبها أمام منزلها، وبعد فترة لقد رأيتها

مع الخادم كرس، وبذلك اشتعلت نيران قلبي، إنك لا تعلم كيفَ أغضَبَني هذا؟

المحقق جون: الخادم كرس! وما علاقته بجوري؟

جاك: في البداية لَم أكن أعلم سيدي، ولكن لقد اتضح أن الخادم كرس كان يُساعدها بالأواني الأخيرة للاعتناء بوالدة جوري، فهو الذي كان يُحضر الدواء، وكان يعتني بالسيدة ميلا.

المحقق جون: وكيف عرفتَ بذلك؟

جاك: لقد كنتُ غاضبًا من الأمر لذلك ذهبت لمقابلة جوري بمنزلها، وسألتها إذ كانت بعلاقة مع الخادم كرس، ولكنها غضبت مني وأخبرتني أنه الخادم كرس هو فقط يزورها لإحضار الأدوية، والاعتناء بالسيدة ميلا، ولكنها لم تبالِ إلَيَّ بأي اهتمام، ولَم تنظر إلَيَّ كنظرة الحب والاشتياق، وإنَّما كانت تنظر إلَيَّ بنظرة غضب وازدراء، لذلك لَم أقُم بمراقبتها لأنني لا أريد أن أدمر علاقتنا أكثر.

عند انتهاء من استجواب جاك، خرج جاك من الغرفة لتنشق بعض الهواء الطلق، دخلتِ الآنسة روز لبدء استجواب.

المحقق جون: آنسة روز هل تستطيعين أن تُخبريني أين كنتِ بتمام الساعة السابعة حتى الساعة التاسعة في يوم الأربعاء.

روز: سيدي، لقد كنت بمستشفى (ديؤنيون) بغورليتس، تستطيع أن تسأل الممرضات عن فترة غيابي، سيدي إنني أعلم أنكم تبحثون عن معلومات تفيدكم لقضية مقتل روبرتسون.

المحقق جون: وهل لديك معلومات تفيدنا؟

روز: حسنًا، لديَّ معلومة لكنني لا أعلم إذا كانت مفيدة أم لا.. سيدي، قبل وفاة ابن عمّي روبرتسون علمتُ أنَّه كان يزور طبيبًا نفسيًّا في غورليتس.

المحقق جون: وكيف علمتِ بذلك؟

روز: لقد كنتُ أعتني بمريضة، وعند خروجي من غرفة المريض لقد رأيت ابن عمي روبرتسون يخرج من الغرفة المجاورة، اجتاحني الفضول لمعرفة سبب زيارته للمستشفى، لذلك سألت الممرضة سوزان التي كانت تتحدث معه، أخبرتني أنه دائمًا ما يزور المستشفى لفحص الأدوية التي كان يأخذها من الطبيب النفسي.

المحقق جون: وهل عرفت عن اسم الطبيب النفسي أو سبب زيارته أو نوع الأدوية التي وصفها الطبيب له.

روز: لا أعرف الكثير يا سيدي، ولكن الممرضة سوزان أخبرتني أن السيد روبرتسون كان يزور طبيبًا نفسيًا ليتعافى من اضطرابات الكرب.

المحقق جون: اضطرابات الكرب! هل هذا ما سمعتِه حقًّا؟

روز: نعم سيدي، ولكني لا أعلم سبب وجود هذه الاضطرابات بابن عمي.

شكر المحقق جون الآنسة روز ثم انصرفت الآنسة عند انتهائها من استجواب، ثم جاء دور آنسة ماري للاستجواب.

حضرت الآنسة ماري إلى الغرفة، ولكنها لَم تكن بخير، فقد كان القلق واضحًا على وجهها.

المحقق جون: آنستي، هل تستطيعين أن تخبريني أين كنت وقت وفاة أخيك روبرتسون؟

ماري: لقد كنتُ في المسرح الذي في غورليتس؛ لأجهز بعض العروض القصيرة في المسرح.

طلبت ماري بعض الماء من المحقق جون، لقد أحضر المحقق لها الماء، شربتِ الماء في دفعة واحدة.

المحقق جون: هل أنتِ بخير يا آنستي؟ فإنك تبدين خائفة من شيء.

ماري: خائفة.. أنا.. لا، إني لست خائفة.

بدا للمحقق جون أنَّ ماري كانت تُخفي شيئًا، ولكنها تخاف البوح به.

المحقق جون: آنستي، هل تستطيعين أن تخبريني بأي شيء غريب يحدث في المنزل؟

ماري: لا، يا سيدي... ولكن... في الحقيقة سيدي، إن هناك شيئًا... ولكن لا أعلم كيف أخبرك به؟

المحقق جون: تستطيعين البوح بأي شيء، لا تخافي فإننا تحت سيطرتك.

ماري: حسنًا.. سيدي قبل وفاة أخي بيومين، لقد كنت ذاهبة إلى المكتب لجمع بعض الكتب عن فن المسرح، ولكن عند إقدامي لفتح الباب لقد سمعتُ والدي، أي: السيد كمبر يتحدث مع فتاة ولكن لا أعلم مَن تكون.. إنني لا أعلم كثيرًا عمًّا كانا يتحدثان؟ ولكن والدي كان غاضبًا منها، وكان يصرخ بالهاتف: "إنَّه ليس ابني، وإنني لن أتحمل المسؤولية لرعايته والإنفاق له".

مِن نبرات صوته علمتُ أنه كان غاضبًا منها كثيرًا ثمَّ أغلق الخط، وبات يتنهَّد: "إنَّه غلطي، ما الذي فعلتُه؟ لماذا فعلت ذلك؟ ماذا تريد أيضًا، لماذا أحببتُكِ!

المحقق جون: وهل صرح بأي اسم؟

ماري: لا يا سيدي، لَم يصرح بأي اسم.

المحقق جون: وما الذي أخافَك من كلامه.

ماري: حسنًا سيدي، إن والدي كان دائمًا يقول لأخي روبرتسون: "إنه ليس لديه فائدة"، ودائمًا ما يقول: "إنه لا يريده كابن له"... في الحقيقة، إن والدنا لَم يحبَّنا أنا وإخوتي، فإنه دائمًا ما يُنفي بوجود أطفاله.

المحقق جون: وهل تظنين أن والدك قادر لفعل هذا الشيء؟

ماري: هل تقصد بقتل ابنه؟ نعم، فإنه لَم يحبَّنا أنا وروبرتسون ولوس كأبنائه، ولم يهتمَّ بنا منذ الصغر، وإنه دائمًا ما يغضب عندما يتكلم روبرتسون عن ممتلكات العائلة، فربما لم يحبَّ أن يأخذ أحدٌ ممتلكاته كما تعلم؛ فإنَّه يحب ممتلكاتِه وسُمعتَه بين الناس فقط.

المحقق جون: ولكن آنستي، لماذا تقوم فتاة بالاتصال بالسيد كمبر للتحدث عن السيد روبرتسون؟

ماري: سيدي، إنني لا أعلم.. ولكن ربما أخي روبرتسون كانت لديه والدة أخرى.

المحقق جون: والدة أخرى.. كيف ذلك؟

ماري: لقد علمت من أحد الأشخاص أن والدي لقد تزوج من امرأة أخرى قبل زواجه من والدتي، وأيضًا علمتُ أنها أنجبَت من والدي عند ولادة أخي روبرتسون.

تعجب المحقق من أقاويل ماري ولقد سألها إذ كانت تعلم أي معلومات أخرى عن الزوجة الأولى للسيد كمبر.

ماري: إنني لا أعلم عنها الكثير يا سيدي، إني أرى أن وفاة أخي ترتبط بالمحادثة، إذ إنها حدثت قبل وفاة أخي بيومين فقط.

المحقق جون: حسنًا، شكرًا لإخباري بالأمر آنستي.

خرجت الآنسة ماري من الغرفة، نادى المحقق كليسكو للذهاب إلى مكان ما.

كليسكو: أين سوف نذهب سيدي؟

المحقق: سوف أخبرك بالطريق عند ذهابنا إلى هناك.

خرج المحقق جون مع كليسكو للذهاب إلى مطعم أبلو للاستفسار عن غياب السيد كمبر.

دخل كل من المحقق جون وكليسكو إلى المطعم وعند دخولهما تلاقيا مع الأمن.

الأمن: مرحبًا بكم، سيدي هل تستطيع أن تعرفه نفسك وعن الآنسة التي معك؟

المحقق جون: إنني المحقق جون ومعي الآنسة كليسكو.

الأمن (يبحث في سجل الحجز): سيدي، إنه ليس لديك أي حجوزات لطاولة في المطعم، هل تريد حجز طاولة سيدي؟

المحقق جون: نعم إن استطعت، ولكن سيدي.. هل تستطيع أن تخبرني إذا كان هناك شخص يأتي دائمًا إلى المطعم باسم كمبر؟

الأمن (يتذكر): لا يا سيدي.

المحقق جون: هل تستطيع أن تبحث عن الشخص في سجل الحجز؟

الأمن: نعم يا سيدي، (يبحث عن الاسم)؛ لقد وجدت الاسم سيدي، إن السيد كمبر لقد حجز في يوم الأحد صباحًا، لقد كان مع سيدة باسم نامي.. نعم مع السيدة نامي، وأيضًا حجز في يوم الأربعاء مساءً مع السيد هوربيرد.

المحقق جون: متى كان الحجز في يوم الأربعاء؟ في أي ساعة تقريبًا؟

الأمن: إن الحجز كان من الساعة السابعة حتى نهاية الساعة التاسعة.

المحقق جون: وهل تتذكّر السيدة التي كانت معه في يوم الأحد؟

الأمن : لا يا سيدي، ولكن تستطيع أن تسأل النادلة التي قامت بتقديم الطعام لهما.

المحقق جون: وبأي طاولة جلسا فيها؟

الأمن: إنهما حجزا الطاولة رقم خمسة.

المحقق جون: وهل تستطيع أن تحجز لنا نفس الطاولة؟

الأمن: سيدي، إن الطاولة رقم خمسة محجوزة مسبقًا، أستطيع أن أحجز لك السادسة، إنها أمام الطاولة الخامسة.

المحقق جون: حسنًا.

اتجه كل مِن المحقق جون وكليسكو إلى الطاولة السادسة، طلب المحقق جون من كليسكو بأن تذهب إلى النادلات للاستفسار عن النادلة التي خدمت السيد كمبر في يوم الأحد.

كليسكو: سيدي، وهل سوف تتذكر النادلات؟

المحقق جون: ربما لا.. ولكن الوصف سوف يساعد، وأيضًا إن السيد كمبر حضر إلى المطعم مرتين، لذلك ربَّما سوف تتذكره إحداهنَّ.

ذهبت كليسكو للتكلُّم مع النادلات والاستفسار عن السيد كمبر والسيدة نامي، لقد بدأت بالنادلة التي انتهت بأخذ طلب من الطاولة رقم ثلاثة.

كليسكو: آنستي، هل تسمحين لي بسؤال؟

النادلة: نعم.. بماذا تريدين أن أخدمك؟

كليسكو: هل تعرفين أحدًا بِاسْم كمبر؟

النادلة: كمبر.. لا.. لا أتذكر أحدًا بهذا الاسم، ربما هو حضر بيوم إجازتي.

كليسكو: إجازتك؟!

النادلة: آنستي، إن هناك الكثير من النادلات يتقدَّمنَ للعمل بهذا المطعم؛ لأنه يقدم لنا أجرًا زاهدًا لذلك فالأيام التي نعمل بها مقسمة.

كليسكو: وهل أيام العمل مقسمة لجميع النادلات؟

النادلة: نعم آنستي، إنها مقسَّمة للجميع، إن لكل مجموعة من النادلات يومًا.

كليسكو: وهل تستطيعين أن تخبريني بالنادلات اللاتي يعملن بيوم الأحد والأربعاء؟

النادلة: إنها المجموعة الأخرى هي التي تعمل بيوم الأحد والإثنين والأربعاء، إنهنَّ أربع نادلات؛ الآنسة أفيلا، إيرما، إيلدا، وإيمى.

كليسكو: وكيف أحصل على عنوانهنَّ؟

النادلة: تستطيعين أن تأخذيه من رئيس الخدم، فهو لديه جميع معلومات الخدم والنادلات.

كليسكو: شكرًا لكِ آنستي.

ذهبت كليسكو إلى رئيس الخدم وأخذت جميع معلومات النادلات الأربع؛ أفيلا، إيرما، إيلدا، وإيمى، واتجهت إلى المحقق جون، أخبرتِ المحقق جون عن جميع التفاصيل.

المحقق جون: آنستي كليسكو، هل تريدين تناول شيء؟

كليسكو: لا، إنني بخير، شكرًا لك.

ينادي المحقق النادل ويطلب منه قهوة خالية من السكر، يحضر النادل القهوة، يخرج المحقق جون زجاجة عسل المانوكا من جيبه ويقوم بوضع القليل من العسل داخل القهوة.

كليسكو(متعجبة): سيدي، لماذا قمت بوضع العسل بالقهوة؟!

المحقق جون: إنني لا أحبُّ أن أتناول السكر فكما ترين فإنني أستخدم العسل بدلًا من السكر، ولكني لا أحب أن أضع الكثير منه.

آنستي يجب عليك أن تجرِّبي أنواع العسل المختلفة مثل: عسل المانوكا، وعسل البرسيم، وعسل السدر فلكل عسل طعمه الذي يميِّزه.

كليسكو: سيدي المحقق، إنني أرى أنك تعرف الكثير عن العسل.

المحقق جون: أجل، لقد جاءت معرفتي للعسل من إغلاقي لإحدى القضايا التي حدثت في العام الماضي.

كليسكو (وعلامات الفضول واضحة على وجهها): وما القضية؟

المحقق جون: إنَّها قضية موت الآنسة كلارا هوتين.. لقد كانت عائلة هوتين مِن أشهر العائلات لإنتاج العسل الطبيعي في بريطانيا، وكانت من العائلات المعروفة، وبدأ الأمر عندما دخل الأب ألبرت لتفقد ابنته كلارا بغرفتها، وعند دخوله لغرفتها وجد أن ابنته ملقاة بأرضية الغرفة ميتة، الغريب بالأمر أنه لَم يجد أيَّ آثار دماء أو تسمم، فقام باستدعائي لتحقق عن الأمر، ولقد اتضح أنها ماتت بلدغة النحل الإفريقي السام، فبداية الأمر لقد بدأ الأمر طبيعيًّا، موت الآنسة من لدغة النحل؛ لأنَّ العائلة تقوم بتربية النحل في مزرعة النحل التي تقرب منزل العائلة بمسافة قصيرة.

ولكن السيد ألبرت هوتين وضح بعدم وجود هذه الفصيلة في مزرعته إذ كان لدَيه معلومات لكل صنف النحل التي في مزرعته، وأنه يقوم بتسجيل كل المعلومات النحل والعسل في السجل لمدة عشرين عامًا، ولَم توجد هذه النحل من قبل بمزرعته، لذلك بدأ الأمر مشكوكًا، ولكن بنهاية الأمر لقد اتضح أنها جريمة مدبرة.

لقد حصلت على النحل الإفريقي بمنزل العامل أندرو، لقد علمت أنه كان عشيق الآنسة، لقد قامت الآنسة بإهانته أمام الملأ؛ لقد أهانته الآنسة كلارا بإخباره أنه فتى من الطبقة الفقيرة وكيف يتجرأ بحبِّها له إذ إنه عامل فقير لا يستطيع أن يصل لمكانتها، لقد غضب أندرو من الأمر لأنها جرحت كرامته ومكانته أمام أقرب الأصدقاء، فدَبَّر لقتل الآنسة وقام بقتلها، ولكنه لَم يعلم أنَّ الآنسة كلارا لقد قامت بذلك فقط لإبعاده منها؛ لأنها كانت خائفة مِن أبيها أن يعلم بالعلاقة التي تربطها بأندرو وأن يحدث لأندرو بمكروه، عند علم أندرو بحقيقة الأمر لَم يستوعب الأمر فقام بقتل نفسه بسحب المسدس من الشرطي وإطلاق المسدس في رأسه.

كليسكو: في بعض الأحيان يفعل المرء أفعالًا يندم عليها، لذلك يجب عليه ترك الأمر للوقت لِيُعالجه.

عند انتهاء الحديث بين كليسكو والمحقق، يخرج المحقق ساعته وينظر إليها، ثم يحتسي الجزء الأخير من قهوته.

المحقق جون: هيا يا آنستي لنذهب.

اتجه المحقق جون وكليسكو إلى جمع المعلومات من النادلات، لم يحصلا على شيء من النادلات الثلاث أفيلا، إيرما،

إيلدا، ولكن اتضح أن النادلة إيمى هي التي كانت تخدم السيد كمبر في ذلك اليوم.

عند وصولهم إلى شقة الآنسة، طرق المحقق جون الباب، إذ تخرج لهم النادلة إيمى.

ألقى المحقق التحية إليها، وأخبرها بسبب حضورهما، أدخلتهما إيمى إلى الشقة، وعرضت لهما خدمتها.

إيمى: هل تريدان شايًا؟

المحقق جون: نعم، لو سمحت يا آنسة.

أحضرت إيمى الشاي إلى المحقق جون وكليسكو، وجلست أمام كليسكو.

بدأ المحقق جون بطرح الأسئلة إلى إيمى، أخرج المحقق جون صورة السيد كمبر من جيبه.

المحقق جون: آنستي، هل رأيتِ هذا الشخص في المطعم؟

أخذَت إيمى الصورة، وباتت تتذكَّر الشخص الذي في الصورة.

إيمى: نعم سيدي، لقد حضر هذا السيد إلى المطعم، لقد تذكرته.. إنني أتذكر حضوره في يوم الأحد إلى المطعم، لقد غضب من السيدة التي كانت معه، وكان يصرخ في وجهها: "إنني لا أريده..."، "إنه ليس بابني ..." مثل هذه الأشياء.

المحقق جون: وهل تتذكرين السيدة التي كانت معه كملامحها.. هل تستطيعين أن تصفيها إليَّ؟

إيمى: أجل أجل.. إنني أتذكر شكلها بوضوح؛ لأنها طلبت مني أن أحضر لها منشفة بسبب ابتلال ملابسها بالماء.

المحقق جون: وهل تستطيعين وصف السيدة؟

إيمى: نعم، إنني أتذكر، إنها كانت السيدة ذات بشرة بيضاء، وأعين عسلية، ووجه صغير، وكان شعرها أشقر اللون، وكانت ترتدي ملابس حمراء اللون بطراز تقليدي.

وبوصف النادلة للسيدة تذكرت كليسكو فتاة اللوحة.

كليسكو: آنستي هل كانت لديها شامة أسفل شفتَيها؟

النادلة (تتذكر) أمم... نعم، لقد كانت لديها شامة أسفل شفتَيها.

همست كليسكو للمحقق بأن لوحة الفتاة في حائط المنزل لديها نفس الصفات والملامح.

المحقق جون: حقًّا؟!

إيمى: سيدي، إنني أتذكر أيضًا أنه في اليوم التالي حضر هذا السيد مع أحد السادة، وعند انتهائهم من الكلام خرج السيد، وحضرت السيدة مرة أخرى للسيد كمبر، وأتذكر أنها طلبت من السيد كمبر بالتوقيع بعض من الأوراق.

المحقق جون: وهل تعلمين ما الذي كانت تحتويه الأوراق؟

إيمى: لا سيدي، لا أعلم ما الذي كانت تحتويه الأوراق.

شكر المحقق جون الآنسة إيمى، وخرج المحقق جون وكليسكو من الشقة.

طلب المحقق جون من كليسكو أن تريه اللوحة التي في الجدار، عند عودتهما إلى المنزل اتجها إلى رؤية اللوحة، لقد تعجب المحقق من ملامح الفتاة في اللوحة إذ إنها كانت بنفس المواصفات، طلب المحقق من كليسكو بأن تطلبه من الشرطي روبرت بأخذ صور عديدة للوحة التي في الجدار، والتحقق من الفتاة.

في اليوم التالي حضر الشرطي روبرت لمقابلة جون، أحضر الشرطي تقارير فحص الأدوية والدماء التي كانت في الأصيص المكسور والسيارة.

الشرطي: جون عند فحص الأدوية لقد اتضح أن علبة المسكن للآنسة كليسكو لَم يحتوِ على مادة الميلاتونين، وإنَّما احتوت على مادة ثنائي ميثيل تريبتامين، وهذه المادة في حبوب تجعل الشخص يشعر بالهلوسة، وأيضًا لها تأثير على كيمياء المخ وهرمونات الإنسان، الحبوب تساعد على رؤية بعض الأشياء، وسماع أصوات غير موجودة بالفعل.

وظهرت هذه المادة أيضًا في إحدى علب المسكنات للسيدة ميلا، واتضح أن الحبوب التي كانت تأخذه السيدة ميلا تحتوي على مادة بسيلوسيبين أي: احتواؤها لفطر السحري.

ولقد حصلنا على معلومات من الطب الشرعي أنَّ حارس البوابة لافند مات بعد السيد روبرتسون بساعات كثيرة – ست ساعات تقريبًا – وإنه قُتلَ باستخدام سكين حادَّة إذ كان هناك جرح عميق بظهر الحارس لافند ولكن لَم نحصل على السكينة في مسرح الجريمة.

المحقق جون: وماذا عن الدماء التي في السيارة؟

الشرطي: لقد كنت محقًّا؛ فإن السيارة تحمل كلًّا من دماء السيد روبرتسون وحارس البوابة لافند، وأيضًا الدماء التي كانت بالأجزاء المكسور للأصيص احتوت على دماء السيد روبرتسون، وهل هذا يساعد على معرفة القاتل؟

المحقق جون: نعم، فإن معرفتنا لذلك يقلل المشتبهين يا صديقي، أهِ.. لقد نسيت روبرت، هل قمت بأخذ صور للوحة التي بالجدار؟

الشرطي: نعم، قمت بذلك، لا أعلم لماذا طلبت مني أخذ العديد من الصور؟

أخذ المحقق جون بعض الصور من الشرطي، وطلب منه أن يذهب إلى المطار لتفقد السجلات عن أي راكب يحمل نفس الصفات في الصورة، وأيضًا أخبره بالتحري عن أي راكب يحمل اسم كريستال، خرج الشرطي لفعل ما طلبه المحقق جون.

ذهب المحقق جون إلى مقابلة الآنسة ميلا لسؤالها بعض الأسئلة، ثمة توجه إلى دار الطباعة والنشر، ومن ثمة طلب من الشرطي فرانسيس أن يحضر ملفات موت السيد روجيرت.

جمع المحقق جون جميع الأدلة لمساعدة لمعرفة كيفية استكمال حل جريمة قتل السيد روبرتسون وحارس البوابة.

عندما بدأ المحقق جون برؤية ملفات موت السيد روجيرت، ورؤية الصور التي كانت في الصحف، وأيضًا رؤية خطابات ورسائل للسيد روجيرت، نهض بالذهول قائلًا: "إنني غبي، لماذا لم أنتبه لهذا؟"، وصرخ بصوتٍ عالٍ: "لقد حصلت عليها، إنها أمامي الآن... إن الصورة أصبحت واضحة الآن".

لقد قام الشرطي بالتحري عن المتاجر التي تبيع الأصيص الأسود، ولقد حصل على متجر في مدينة غورليتس يبيع أدوات زراعة مصدرة من الخارج ومنها؛ الأصيص الأسود. وسأل الشرطي روبرت عن قيام أحد بشراء الأصيص الأسود بيوم الأربعاء؛ فأخبره صاحب المتجر: إن سيدًا اسمه مائيو قام بشراء

كل أصيص أسود اللون في يوم الأربعاء أي في يوم مقتل السيد روبرتسون.

الشرطي: سيدي هل تستطيع أن تتذكر صفات أو ملامح السيد ماثيو؟

صاحب المتجر: نعم إنني أتذكره قليلًا.. لأنه ساعدني بإدخال الأغراض الثقيلة إلى داخل المتجر، لقد كان ذا بشرة بيضاء، وأعين عسلية اللون، كان وجهه صغيرًا، وأتذكر أنه كان لديه شامة تحت عين اليمنى، وبنيته نحيفًا طويل القامة، وكان مرتديًا بدلة كحلية اللون.

الشرطي: شكرًا لك سيدي.

ذهب الشرطي روبرت إلى مخفر الشرطة واتصل بالمحقق جون لإخباره عن التفاصيل وعن السيد ماثيو.

يرن هاتف المنزل آل لوتسكمبورت، تجيب الآنسة روز على الهاتف.

روز: مرحبًا، من المتحدث؟

الشرطي: إنني الشرطي روبرت، هل تستطيعين أن تعطي الهاتف للمحقق جون.

روز: حسنًا سيدي، انتظر قليلًا.

تنادي روز المحقق جون وتخبره أن لديه مكالمة من الشرطي روبرت.

محقق جون: مرحبًا روبرت، كيف حالك؟

الشرطي روبرت: إنني بخير، جون لقد قمت بما طلبته مني، لقد تحققت عن المتاجر التي تبيع الأصيص الأسود، ولقد وجدت المتجر الذي يبيعه، واتضح أنه في يوم مقتل السيد روبرتسون لقد قام أحد بشراء كل الأصيص الأسود من صاحب المتجر، لقد أخبرني صاحب المتجر أن السيد الذي اشترى كل الأصيص كان يدعى بماثيو (شرح الشرطي روبرت للمحقق عن صفات وملامح السيد الذي يُدعى ماثيو، والذي أخبره صاحب المتجر عنه).

وعن صورة الفتاة التي في اللوحة، لقد أخبر الشرطي روبرت المحقق جون أنه بحث في السجلات ولَم يحصل على الشخص الذي بالصورة وأيضًا لَم يكن أحدًا بالاسم كرستال.

طلب المحقق جون من الشرطي روبرت بجمع جميع أفراد العائلة في الغرفة الرئيسة بالمساء، ثم أغلق المحقق جون الهاتف عنده إنهائه المكالمة مع الشرطي روبرت.

ثم طلب المحقق جون من الشرطي فرانسيس للبحث عن السيدة كريستال.

رافقت كليسكو الشرطي فرانسيس للعثور على السيدة كريستال، أخبرهم المحقق جون بالبحث عن السيدة في فندق روبي، إذ إن السيدة تحب الجلوس في الأماكن الفاخرة التي يذهب إليها الأغنياء، ولا بد من وجودها هناك لأنها لن تحب أن تسكن في الأحياء الفقيرة، وأيضًا لن تحب أن يعاملها الناس كسيدة بالطبقة الوسطى.

الشرطي فرانسيس: لماذا طلب المحقق جون العثور على السيدة، وهل هو واثق بوجودها بفندق روبي.

كليسكو (وعلامات التعب واضحة في وجهها من فرانسيس الذي كان يتدمر كثيرًا): إنني أيضًا واثق بوجودها هناك، هيا لنذهب، فليس لدينا الوقت لنضيعه.

وصل كل من كليسكو والشرطي فرانسيس إلى الفندق روبي، اتجها إلى مكان حجز في الفندق، لقد قابلَهم عامل يُدعى لوكس.

كليسكو: سيدي هل تستطيع أن تخبرنا عن أي سيدة حجزت في الفندق باسم كريستال.

العامل لوكس (يبحث في السجل): لا يا آنستي لم أحصل على سيدة بذلك الاسم في السجل.

كليسكو (تُخرج الصور من جَيها): سيدي، هل قابلت هذه السيدة.

العامل لوكس (يأخذ الصورة وينظر لها بتمعن): نعم آنستي، إنها تسكن في الطابق الخامس، (يتذكر) أجل، إنها تسكن بالشقة رقم تسعة وثلاثون، إن السيدة تملك الشقة إذ إنها اشترت الشقة التي تسكن فيها، وهي تُدعى السيدة لورا.

اتضح أن السيدة كريستال تسكن في الفندق باسم لورا.

كليسكو: حسنًا، وشكرًا سيدي.

أسرَع كل من كليسكو وفرانسيس للذهاب إلى الطابق الخامس للشقة رقم تسعة وثلاثون، طرقَت كليسكو باب الشقة.

السيدة كريستال: مَن الطارق؟

كليسكو: إننا عاملا النظافة.

السيدة كريستال: حسنًا، انتظرا قليلًا.

ولكن كليسكو أحست ببعض الغرابة إذ إنهما بقيَا منتظرَين كثيرًا، طرقت الباب مرة أخرى ولكن لَم يجب عليها أحد، لذلك قامت بدفع الباب بقوة، وطلبت من فرانسيس المساعدة لفتح الباب، ودفع كل منهما الباب مرة أخرى وبأكثر قوة فانفتح الباب.

أسرعت كليسكو وفرانسيس للبحث عن السيدة ولم يجداها، ولاحظت كليسكو بوجود نافذة الشرفة مفتوحة فأسرعت تجاه الشرفة فوجدت السيدة كريستال، كانت

السيدة تريد الهرب بدخولها الشقة المقابلة لشقتها لأن المسافة كانت قصيرة بين الشرفتَين؛ إذ إن المسافة بين الشرفتَين لا تتجاوز مترًا واحدًا.

أسرعت كليسكو للركض خلف كريستال وأمسكت بالجزء الخلفي لفستانها الأزرق، نجحت كليسكو بسحب كريستال وألقت القبض عليها.

السيدة كريستال: كيف علمتم بوجودي هنا؟

كليسكو: إنه ليس بأمر الصعب معرفة وجودك هنا.

فرانسيس (ينظر إلى كليسكو بتعجب): حقًّا إنكِ سريعة!.

كليسكو (علامات التعب واضحة على وجهها وهي تتنهَّد): أين كنت أنت؟

فرانسيس: ألا ترين أنني كنت أبحث عن السيدة.

كليسكو (وهي تشم رائحة قوية من فرانسيس): هل قمت بوَضع عطر؟

فرانسيس (وهو خجل من نفسه): هل تعلمين أن لدَيها العطور الفرنسة الغالية، لقد حصلتُ على العطر الذي كنت أبحث عنه.

كليسكو: وهل هو عطر رجالي؟

الشرطي فرانسيس: أجل لقد كان عطرًا رجاليًّا.

كليسكو (وعلامات التعجب واضحة على وجهها): لماذا تملكين عطرًا رجاليًا.

ذهب الشرطي فرانسيس إلى منزل كمبر وأخذ معه السيدة كريستال، ولكن كليسكو بقيت بشقة السيدة إذ إنها علمت بوجود شخص آخر يسكن الشقة وكانت تبحث بتمعن، إذ ترى ملابس وأغراضًا للرجال، ولكن أكثر شيء شدَّ انتباهها هي الصورة التي كانت في غرفة النوم، إذ إنها حصلت على صورة فيها كل من السيدة كريستال والخادم كرس، تعجبت كليساكو من ذلك وأخذت الصورة معها لتهديَها للمحقق جون، وعند انتهائها من البحث، اتجهت إلى منزل كمبر.

بدأ المحقق جون بالتحري بمنزل عائلة مرة أخرى لأنه استنتج أن خيط الجريمة لا بد أن يكون في منزل العائلة.

في يوم السبت بتمام الساعة السابعة مساءً، اجتمع جميع أفراد العائلة في الغرفة الرئيسة للمنزل.

المحقق جون: لقد استنتجت أن لا شيء يبدو كما هو عليه في يوم الجريمة، اتضح أنكم جميعًا لم تكونوا بالمنزل في يوم مقتل السيد روبرتسون.. أين ذهب الجميع كباقي الأيام؟ لا أحد يعلم ما الذي يحل بالآخَر، كيف بأسرة يراها الجميع متماسكة تكون هكذا؟! لنبدأ أولًا بتحدث عن وصية السيد روجيرت.

كمبر: وما بها؟ وصية والدي.. وما علاقتها بالقضية؟

المحقق جون: إن علاقتها قوية يا سيدي، هل أستطيع أن أكمل كلامي الآن؟ لقد كانت الوصية تنص أن أكثر الممتلكات كانت للسيد كمبر، ولكن لماذا؟ وماذا عن السيد جورج؟ لماذا لم يكن عادلًا معه؟

كمبر: وما بذلك؟ ربما وجدني جديرًا بالممتلكات؟

المحقق جون: لا يا سيدي، إنك لست جديرًا بأي من الممتلكات، إنك في الحقيقة عند وفاة والدك، وعند توليك للشركة لقد أفلستَ الشركة وباتت بالانهيار، لذلك طلبتَ من أخيك جورج بتولي الرئاسة؛ لأنه يعرف كثيرًا عن أعمال الشركة، ولقد أخبرت السيد جورج بأنك سوف تقسم أسهم الشركة، ولكن اتضح أنك لَم تقُم بذلك؛ فإنك لَم تقُم بتقسيم أي من الأسهم لأخيك.

جورج: هل هذا صحيح؟

كمبر: لا تكن سخيفًا، جورج لا تصدقه، إنه يكذب عليك.

محقق جون: سيدي جورج، اعلَم أن ليس هناك فرق بين الذئاب والرعاة؛ لأن كلَيهما سوف يقومان بأكل القطيع وتستطيع أن تستفسر عن أسهم الشركة، ولكن الآن لنتحدَّث عن وصية السيد روجيرت الحقيقية.

لقد تحرَّينا عن الأمر، ولقد تبيَّنَ أنَّ وصية الحقيقة للسيد روجيرت استبدلَها أحد بوصية أخرى.

وعند البحث عن الوصيَّة الحقيقية، تبيَّن أنَّ السيد روجيرت كان يجعل أحدًا من خدَمه يكتب رسائله ووصيَّته، ولقد بحَثنا عن الخادم وفي النهاية تمكنَّا مِن معرفة الخادم كان يُدعى روج، وعلمنا أنَّ الوصية الحقيقة للسيد روجيرت كانت بخط الخادم روج.

ولكن لماذا مات الخادم روج قبل السيد بثلاثة أيام؟! لقد وجدت الشرطة الخادم روج مشنوقًا في غرفته، وكتبت الشرطة بالتقرير بأنه انتحر، ولكن كيف لخادم كان سعيدًا بحياته أن ينتحر؟!

لقد كان في منزل الخادم روج صورة تظهر كُلًّا من السيد روبرتسون والخادم روج معًا، ولقد تحريت مع زوجة الخادم روج أمر وجود السيد روبرتسون بالمنزل، ولقد تبين أن السيد روبرتسون كان بمنزله قبل وبعد مماته.

وأيضًا عند بحثي بغرفة السيد روبرتسون عن أي دليل، لقد شد انتباهي بوجود اللوحة في الجدار.

ولكن لماذا لشخص لا يُحب الفن واللَّوحات أن تكون في غرفته هذه اللوحة الجميلة؟! اتضح أنها لَم تكن بلوحة.. وإنما

خزانة لمستندات السيد روبرتسون، وكانت فيها وصية السيد روجيرت الحقيقية.

والوصية تنص أنَّ الممتلكات كلها ترجع للسيد جورج وزوجته السيدة ليسا، وبعض أملاك السيد روجيرت تعود للسيد كمبر، ولقد تحققنا بالوصية بخط الخادم روج، وتبيَّن أنَّها الحقيقية.

كمبر (وعلامات الغضب واضحة على وجه): وهل تتهم ابني روبرتسون بقتل الخادم؟

المحقق جون: لَم يكن روبرتسون يعارضك، ودائمًا ما كان يفعل ما تريد، فلَم يكن روبرتسون قاتلًا، ولكن بإصرارك تعلم أن يكون قاتلًا، ضغطتَّ عليه لقتل الخادم روج بينما كان يحب الخادم روج مثل والده.

لنأتي الآن لموت السيد روجيرت، لقد علمت بشجار الذي وقع بين السيد كمبر والسيد روجيرت قبل وفاته، أخبرني أحد موظفي والدك القدامى الذي يُدعى ويكسون عن الخلاف الذي دار بينك وبين والدك لأجل الوصية، لكن لماذا غضبتَ من الوصية إذ كانت أكثر ممتلكات روجيرت لك، ولعِلمك أن هذا الخيط اللغز الذي بدأ بربط الأمور بين القضايا، لذلك بحثت

عن موت السيد روجيرت، ولقد علمت أنه مات متسممًا من مادة السيانيد، ولذلك طلبت من الآنسة كليسكو بتحري عن الأمر.

كليسكو: لم تجد الشرطة الشخص الذي سمَّمَ السيد، ولذلك قمت بالتحري عن الأمر بالبحث عن الأشخاص الذين كانوا موجودين مع السيد روجيرت قبل مماته، ولقد اتضح بوجود ممرضتين وخادمة، ولكن أكثر شيء حيَّرني هو وجود الخادمة، إذ كان من الغريب في الأمر إحضارها قبل ممات السيد، وإبعادها من العمل بعد مماته، لقد تحققت الشرطة عن أمر الخادمة ولكن لَم يجدوا لها دافعًا لفعل ذلك، ولكن بعد ما أخبرني المحقق جون بالتحري عن الخادمة مرة أخرى وأيضًا الممرضتين، لقد ذهبتُ أولًا للممرضات لجمع المعلومات ثم اتجهت إلى الخادمة، وقد حصلت على المعلومات التي احتجتها، لقد اتضح أن السيد كمبر هو مَن أحضر الخادمة للعمل معه وهو الذي جعلها تترك العمل بعد موت السيد روجيرت، ولقد علمت منها أنها هي التي ساعدته بوضع السم بطعام السيد.

كمبر: لا تكوني سخيفة.

كليسكو: سيدي لا تستطيع الهرب من الأمر، فلقد حصلنا على شاهدين للأمر، لدينا الخادمة التي أخبرتنا بالأمر بعد ما علمت بوجود الشاهد وهي الممرضة التي كانت أيضًا تعتني

بالسيد، فهي شهِدَت بإعطائك زجاجة مادة السيانيد للخادم، وهي قامت بفحص المادة بدافع الشك لمعرفة نوع المادة.

جورج: ولكن لماذا لم تخبرنا الممرضة بالأمر.

كليسكو: حسنًا، هي كانت خائفة، ربما جميع أفراد العائلة مجتمعون بالأمر، وأيضًا كانت خائفة أن يتمَّ إلغاء المساعدات التي كانت تأتي من العائلة آل لوتسكمبورت للخدم والممرضات.

كمبر (يقف وهو غاضب): إنني لَم أقتل والدي، كيف تتجرأون؟

أمسك شرطيَّان بالسيد كمبر.

السيدة ليسا: سيدي، كيف علمت بوجود الخادم الذي كان يكتب الوصية؟

المحقق جون: لقد رأيت كتابات الخط للسيد روجيرت، وعلمت أنه لَم يكن معجبًا بخطه كثيرًا، لقد اجتاحني الشك عند رؤية مقالات ورسائل للسيد روجيرت، إذ كان هناك اختلافات بالخط اليد في خطاباته القديمة والجديدة، لذلك قمت بتحري عن أمر بسؤالي العمال القدامى الذين كانوا يعملون مع السيد، واتضح أنه كان يجعل الخادم روج يكتب جميع خطاباته ورسائله، وعنده فحصي للوصية أدركت أنها لم تكن بخط السيد روجيرت وإنما كانت بخط الخادم روج.

والآن لنأتي لمقتل السيد روبرتسون، ما سبب مقتله؟ عند تحري عن الزوجة الأولى للسيد كمبر لقد اتضح أن لديه ابنًا آخر من الزوجة الأولى.

ماري (لم تكن متفاجئة جدًّا، ورفعت حاجبيها غاضبة): إذًا الخبر كان صحيحًا، لقد كان لأبي زوجة أخرى وابن آخر.

المحقق جون: نعم.. لديك شقيق من زوجة كمبر الأولى وهي الآنسة كريستال.

الشرطي روبرت! تستطيع أن تُحضر السيدة كريستال وابنها ماثيو.

أحضر الشرطي كلَيهما إلى الغرفة.

المحقق جون: عند عِلم السيد روبرتسون عن الابن الآخر أحس بخيانة أبيه كمبر، لذلك لقد عزم أن يقول الحقيقة للسيد جورج.

ماري (والغضب في وجهها): أبي، لذلك قمت بقتل أخي.. لقد فعل أخي كل شيء أردتَ، لماذا قمتَ بذلك؟

المحقق جون: لَم يقُم والدك بقتل ابنه..

حسنًا، في الحقيقة لقد أحبَّ السيد كمبر ابنه روبرتسون كثيرًا، في الحقيقة لقد أحبَّكم كثيرًا، ولكن لقد بدأ الشيء عند

إخبار السيد روبرتسون عن الوصية لشخص يثق به كثيرًا في المنزل وهو الخادم كرس.

الجميع متعجبون، ينظرون إلى الخادم كرس.

المحقق جون: الآن لنخبركم بأحداث الجريمة.

في يوم الأربعاء في تمام الساعة السابعة مساءً، أخبر الخادم كرس لحارس البوابة لافند بأن يخبر الجميع أنه سوف يخرج من المنزل، ولكنه اتَّجَه إلى غرفة السيد روبرتسون، لقد أحضر إليه كوبًا من ماء فيه مادة فلونيترازيبام، لقد شرب السيد روبرتسون الماء، بقي الخادم في الغرفة حتى يتخدر السيد روبرتسون.

وعندما أحسَّ أنَّه فقد وعيه سحبه إلى خارج الشرفة، إذ إنَّ شرفة السيد كانت لديها مخرج درج للخارج، لذلك كان من السهل عليه نقل السيد. ولكن نهض السيد روبرتسون مِن وَعيه، ورأى أن كلتا يدَيه مربوطة، لذلك قاوم الخادم كرس فضربه الخادم بأصيص الزراعة الذي كان في الشرفة، وعند فَقدِ السيد وعيَه، قام الخادم برَبط رجله، وساعده حارس البوابة لافند لإدخاله السيارة واتجها إلى البحيرة.

نقل كلاهما السيد إلى أسفل القارب لربطه فيه، ولكن عند عودتهما إلى المنزل، خاف الحارس لافند لأنه قام بقتل شخص

ما وأحس أنه لا بد بأخبار الحقيقة لذلك، كتب رسالة للسيد كمبر لِيُخبِرَه عن كرس.

وأيضًا أحس الحارس بتأنيب الضمير وكان خائفًا جدًّا، فاشتعل شجار بين حارس البوابة لافند والخادم كرس، وأخبر الحارس لافند الخادم كرس أنه سوف يخبر الجميع بحقيقة مقتل السيد روبرتسون، فخاف كرس أن تفشل خطته لذلك قام بقتل الحارس.

كمبر (لقد اشتعل الغضب في وجهه): كرس! لقد قمت بقتل ابني.. كيف تجرؤ على فِعل ذلك؟

جورج: وكيف عرفت بتفاصيل الجريمة مقتل السيد روبرتسون سيدي المحقق؟

المحقِّق جون: إنه من ماثيو ابن كمبر، أم أناديك الممثِّل كرس؟!

جورج: ممثل!

المحقق جون: إنَّ ماثيو الذي ترونه أمام السيدة كريستال، هو في الحقيقة ليس بابن السيد كمبر، وإنما ممثل لَم ينجح في مسيرته المهنية، فهي قامت باستخدامه وهي تقوم بالدفع إليه، وذلك بادعاء أنه ابنها وإخفاء أمر ابنها الحقيقي لنجاح خطتها، ولكن ماثيو عند علمه بحقيقة الجرائم خاف أن يكون هو التالي،

لذلك قام بإفشاء عن معلومات مقتل السيد روبرتسون وحارس البوابة لافند للشرطة.

كمبر: ماذا وكيف؟ هل كنت تكذبين؟ وأين ابني ماثيو؟

المحقق جون: إن ابنك ماثيو هو الخادم كرس، كل منهما قاما بتغير هويَّتهما.

كريستال (غاضبة): وكيف علمت بهذا؟

المحقق جون: وكيف لا أعلم؟! عند رؤيتي لك بالمرة الأولى، لقد اتضح أنك تشبهين أحدًا قد قابلتُه بمكانٍ ما، وأيضًا عند تفتيش كليسكو لشقتك لقد حصلت على صورة لك وللخادم كرس معًا، والسؤال الآن لماذا لديك صورة للخادم في منزلك؟ ولقد زالت الشكوك عندما أخبرنا الممثل ماثيو بحقيقة علاقتك مع الخادم كرس.

كمبر (وهو ينظر إلى الخادم كرس): كيف تجرؤ بأن تقتل أخاك؟ كيف لك بذلك؟

كرس مع ضحكته الهستيريا: وهل كان حقًّا أخي؟! هل أنت اعتبرتَني ابنًا لك كي أعتبره أخًا لي؟!

المحقق جون للسيد كمبر: ألَم تعلم أن خيط الكذب قصير ولا تستطيع الهرب منه؟! لأن لا بد مِن ظهور الحقيقة ولعِلمكَ يا

سيدي أن المواقف والأيام التي يمرُّ بها المرء عبارة عن أداء لكشف خدعه وكذبه، فلا يأتي شيء بالمجان.

أعطى المحقق جون الرسائل المتبقية لكرس لجرائمهم الآتية.

كرس: كيف حصلتَ عليها؟

المحقق جون: لقد كانت في غرفتك فوق الطاولة، ولقد وجدت أيضًا بالغرفة العديد من حبوب والعقاقير التي احتوت على المخدرات التي نستطيع الحصول عليها في مسكنات الآنسة كليسكو والسيدة ميلا، ولقد حصلت على مكبر الصوت الذي استخدمته لخداع العائلة بأصوات وهمية.

وعلمت أنك ارتكبت الجرائم للانتقام لأجل والدتك، ولكن لماذا تنتقم لأجلها إن كانت هي المشكلة الرئيسة إذ إنها هي التي ذهبت لطلب الزواج من السيد كمبر، وهي التي تركته عند معرفتها بحقيقة وصية السيد روجيرت فهي التي كانت تعلم أن كمبر لن تكون له ممتلكات العائلة، إنما سوف تكون لديه بعض الممتلكات وفشلت خطتها بامتلاكها الأموال ومنزل العائلة، وأيضًا الوثيقة التي قام كمبر بتوقيعها لأمك لقد حصلتُ على نسخة مِن وثيقة في غرفة السيد كمبر وتنص الوثيقة أن بعض ممتلكات العائلة سوف تذهب إلى كريستال وليس إليك يا مائيو.

كريستال: ابني ماثيو، إنه يكذب، لا تصدِّقه.

المحقق جون: إليك الدليل.

لقد أهدى المحقق الوثائق إلى الخادم كرس لرؤيتها.

الخادم كرس: لقد كذبتِ عليَّ، لقد قمتُ بما طلبتِه حرفيًّا لأجل حبِّي إليكِ، وأنتِ تفعلين هذا بي!

المحقق جون: سيدتي، لقد رأيتُ الكثير من الناس يشبهون العقارب، لكنَّني لَم أرَ عقربًا مثلكِ، لقد تظاهرت لعائلتك بأن كمبر هو مَن فعل بك شيئًا سيئًا، ولكن أنت مَن تركته عندما أرادك وأخفيتِ حقيقة أن لديه ابنًا، وكذبت على ماثيو بشأن والده وأخبرتِه أنه هو الذي لا يريده، وأيضًا تريدين أن تقتلي أشخاصًا لَم يعلموا بوجودك، لكن الشيء الذي لا يدخل بعقلي لماذا أردت التخلص من أختك ميلا إذ إنها لَم تفعل شيئًا سيئًا لك، إنَّما أحبَّتكِ كثيرًا؟ هل من أجل أن حياتها كانت مثالية؟! ألم تعلمي أن حالتها كانت أسوأ من حالتك؟! هل كنتِ تعتقدين أن أختك كانت تستمتع بأموال زوجها المتوَفَّى؟! ألم تعلمي أنها استخدمت كل أموال زوجها الميت لسداد ديونه، ولَم يكن لديها ولابنتها المال الكافي؟! لذلك كانت هي وابنتها تعملان ليلًا ونهارًا للحصول على الأموال.

السيدة كريستال(كانت أعينها حمراء): إنك لا تعلم ما هو شعور بأن تكون منبوذًا من المجتمع الذي طالما أردت أن تكون فيه.. (تصرخ) لقد فعلت الكثير، لكنهم لم يحبوني، لم يتوقفوا بالنظر إليَّ بازدراء... ولكن هل تعلم ما الذي تعلمت منهم؟! تعلمت كيف أعيش سعيدًا لنفسي، وكيف أجني الكثير من المال.. ما الذي يحتاجونه هم الأغنياء من المال؟ إنهم لا يعرفون كيفية استخدامه.. إنهم مثل الذباب الغبيّ الذي ليس لديه عقل.. فما فائدة المال في أيدي الحُمقى، هل تعلم مدى سهولة جمع الأموال من الحمقى مثلهم، إنه حقًّا من الظلم أن يولدوا هم الحمقى بملعقة ذهبية في أفواههم، (وهي تضحك) ميلا... آهٍ ميلا... هي تحصل على كل ما تريده لقد كانت كالجوهر في عين والديَّ، وهي تستحق بما يحصل لها الآن.

المحقق جون (علامات الغضب واضحة على وجهه): وهل أنت تستخدمين المال بطريقة صحيحة؟ (Non non, chérie) لقد أعمى المال بصيرتك عن الأشياء الجميلة في حياتك، وإذ هم الحمقى فأنت جشعة بأموال الآخرين، كم من السنوات التي ستقضيها وأنت تلتهمين أموال الآخرين! ألن تكتفي؟! هل تعتقدين أنَّ المال الذي في حوزتك الآن سيبقى معك؟!

ثم رأى المحقق جون مائيو وقال له: سيدي مائيو، أعلمُ أن كل ما فعلتَه هو بسبب والدتك وبسبب غيرتك من إخوتك، ولكن روبرتسون كان أقرب شخص إليك، فما الفائدة الآن بقتل أخيك وتخلصك منه؟! هل تعتقد أن هذا سوف يصلح حياتك؟! يجب عليك أن تعلم أن هذه الحياة ليست عادلة دائمًا، وإن الحياة تصلح نفسها، ولن تتمكن أنت من إصلاحها بنفسك بتخلصك من الأشخاص، إننا جميعًا نريد أن نتخلص من بعض الأشخاص لكننا لم نقتلهم، بل تجاهلناهم وعبرنا الطريق وكأنهم غير موجودين، فلماذا تحمل أعباء الآخرين على أكتافك؟

أومأ مائيو برأسه، وظهر شعور الندم على وجهه؛ كان وجهه مصفرًّا، والذعر والتوتر واضحًا عليه، وكان ينظر إلى يدَيه وعيناه تفيضان بالدموع، غمغم لهم:

- لقد فعلتها.. لقد فعلتها.. لماذا أنا.. قتلت صديقي وأخي.. لماذا صدقتك.. لماذا؟

حاول خنق والدته كريستال، وهو يقول صارخًا بغضب:

- إنك السبب بذلك لقد جعلتني أفعل ذلك، لماذا أنا.. لماذا؟

ولكن استطاع الشرطي الإمساك به.

ألقى الشرطة القبض على المتهمين جميعًا بجرائم القتل، ومنهم السيد كمبر، والسيدة كريستال، وكرس، ومائيو.

لقد تبين أن الأحرف الأخيرة التي كانت موجودة في الرسائل هي بداية الأحرف للكلمات وهي:

'Just For My Mother'

لقد كانت الرسائل الأخيرة مرتبطة لقتل ابنة السيد كمبر ماري والسيد كمبر، ولكن لم يتمكن كرس والسيدة كريستال من ذلك بسبب حل المحقق جون الجريمة.

كليسكو للمحقق جون: وماذا عن زهرة البنفسج التي في أرجاء المنزل سيدي؟

المحقق جون: إن السيد كمبر أحب الزهرة لأنها كانت تشبهه كثيرًا، وتصف مشاعر.

كليسكو: وكيف ذلك؟

المحقق جون: كما تعلمين فزهرة البنفسج تعتبر بالألمانية هي الزهرة التي حصلت على حب الحبيب ولكن بعد ذلك الحب أحست بالألم أكثر من الحب بسبب عدم مراعات الحبيب لها؛ فإن السيد كمبر أحب السيدة كريستال كثيرًا، فهي كانت لوحته التي أحبّها، ولكنها لم تعلم قيمة هذا الحب الذي في السيد، رأت حبه حبًّا بسيطًا، ولم تعلم عمق هذا الحب في قلب السيد،

وأيضًا لم يكن السيد كمبر طامعًا بالأموال ولا ممتلكات أبيه، ولكنه لَم يعلم أن حبه للسيدة كريستال سوف يغيِّره للأسوأ وسوف يدمره ويدمر العائلة.

كليسكو: إن بعض الأشياء الصغيرة التي يتعلق بها المرء تظهر ما في داخله، والمال يستطيع أن يغير نفوس الأشخاص للأسوأ، وحقًّا إن الشخص الذي يصبح طماعًا يريد كل شيء أن يكون في يديه.

المحقق جون: هل تعلمين آنستي كليسكو، إن الطمع إذا ازداد للمرء فإنه يتحَوَّل لمرض نفسي من الصعب علاجه؛ فالشخص الذي يصبح طماعًا يحب أن يمتلك كل شيء بيده فهو يصبح كالضبع الذي يبحث عن فرائسه ويَلتهم كل شيء أمامه، فكما تعلمين أن الضباع لا تشبع بسرعة، حتى إنها تأكل صَيد الآخرين، ومعظم الناس يتعلقون بالمال لدرجة الخضوع له ويشعرون بالضياع عند نقصه أو فقده، فإنهم لا يعلمون أن المال عبارة عن وسيلة لسَدِّ احتياجاتهم فقط.

اتجه المحقق جون إلى جاك عند انتهاء الأحداث.

المحقق جون: سيدي جاك، هل تعلم ما سبب غضب وابتعاد الخادمة جوري عنك؟

جاك: لا يا سيدي، لو كنت أعلم لحاولت إصلاح الأمر.

المحقق جون (مبتسمًا): لقد اعتقدت جوري أنك أنت الذي وضعت رسالة القاتل في مكتب السيد كمبر؛ لأنك دخلت إلى المكتب قبل وجود الرسالة.

جاك: هل هي تعتقد أنني فعلت ذلك!! ولكنني وضعت بعض...

قاطع المحقق جون حديثه: إنَّني أعلم أنك وضعت مستندات الأرباح التجارية في المكتب.

جاك: أجل سيدي ولكن.. كيف علمت بذلك؟ لأنَّني وضعتُها في الخزانة.

المحقق جون: لقد قمت بتفتيش المكتب ورأيت مغلف المستندات بالخزانة، وكان تاريخ المستند قبل الحادث بيوم.

جاك: ولكن هل هذا الشيء سوف يصلح فيما بيننا؟

المحقق جون: ولماذا لا تسأل جوري بنفسك؟

نادى المحقق جون الآنسة جوري وحضرت إليه.

جوري لجاك: آسف؛ لأنني لم أكن بحقيقة الأمر، كان لا بد من سؤالك.

جاك: ولماذا لم تخبري الجميع بالأمر؟

جوري: إنني كنت خائفة أن يقوموا باعتقالك؛ لأنني أعلم أن السيد كمبر لم يكن يطيقك لذلك، لم أخبر أحدًا بشيء.

جاك، إنني أتأسف لكل شيء حدث بيننا.

جاك: لا عليك، كل شخص سوف يفعل مثل ما فعلت.

جوري للمحقق: شكرًا سيدي، لولاك لما علمت بحقيقة الأمر، شكرًا جزيلًا.

المحقق جون: آنسة جوري، إن السيد جاك شخص جيد فلا تتركيه، فليس الكثير من الأشخاص مثله.

جوري (وهي تبتسم وعلامات الفرح ظاهرة على وجهها): حسنًا سيدي، (وهي ممسكة بيد جاك بقوة)، إنني لن أتركه يذهب عني مرة أخرى.

المحقق جون ينادي الآنسة كليسكو، حضرت الآنسة وكلاهما توجها إلى بوابة منزل السيد كمبر.

المحقق جون: هيا يا آنستي، إلى حل جريمة أخرى.

كليسكو: جريمة أخرى!

المحقق جون (مبتسمًا): سترافقينني لتحقيق بجريمة مقتل الآنسة نرجس في إسطنبول، وسأخبرك بأحداث الجريمة عند استقلالنا القطار لذهابنا إلى هناك.

كليسكو: إذًا ستكون رحلتنا طويلة.. إلى تركيا.

المحقق جون: نعم، آنستي ولا تنسي الشرطي فرانسيس.

كليسكو (والإرهاق في وجهها من فرانسيس): فرانسيس.. لماذا؟

المحقق جون (وهو يضحك): نعم، فرانسيس.

حضر فرانسيس ولكن تعجبت كليسكو منه.

كليسكو: لماذا علامات الفرح واضحة على وجهك؟

الشرطي فرانسيس: إنني لم أقم بمساعدة حل جرائم القتل في حياتي من قبل، ولكن جاءت إليَّ الفرص لفعل ذلك، وعند مناداتي للذهاب إلى مركز الشرطة الذي أعمل فيه لقد قمت بتغير رأيي، وطلبت من رئيس الشرطة بمرافقة المحقق جون لحل الجرائم، فجاءت الموافقة بالطلب، إنني دائمًا ما أعمل في المكتب، ولَم أقم بمساعدة حل الجرائم هكذا، (وهو واثق من نفسه)، ألا ترين.... إنني حقًّا مفيد بحل الجرائم.

كليسكو (وهي تخفي ضحكتها): أجل، إنك مفيد جدًّا.

تغيرت كليسكو نظرتها للشرطي فرانسيس إذ إنه لم يكن مثل العادة، وإنما كان نشيطًا جدًّا.

كليسكو: حسنًا سيدي المحقق، لنذهب.

...... End ......

عن الكتاب

يعرّفك الكتاب على حياة كليسكو ومغامرتها.

بداية حياتها مع أختها جينا في مدينة فوسن ألمانيا، وكيف أصبحت حياتها بعد التحاقها بالعمل بالشرطة الألمانية.

ويظهر الكتاب عن عائلة آل لوتسكمبورت التي كانت في ذلك الوقت عائلة مرموقة من الطبقة الراقية المعروفة في المدينة.

تبدأ الأحداث بوصول رسالة مجهولة، وحدوث أحداث غريبة لعائلة آل لوتسكمبورت، وطلب العائلة من الحكومة الألمانية لمساعدتهم لحل المشكلة، فأرسلت الحكومة المحقق الفرنسي جون أغروا، والشرطي فرانسيس كون، ومن بينهما كليسكو لتفقد أحوال منزل آل لوتسكمبورت، وتعرف على الأحداث الغريبة التي كانت تحدث في المنزل وعن الرسالة المجهولة، ولكن تتغير الأحداث من رسالة إلى جريمة قتل.